아버지의 세계에서
쫓겨난 자들

장화홍련전

자료 출처

34쪽	〈동여도〉의 철산	서울역사박물관 소장
35쪽	『조선왕조실록』	국사편찬위원회 한국사데이터베이스
46쪽	『오륜행실도』 중간본의 민손 삽화	국립중앙도서관 소장
131쪽	『호남읍지』 표지	한국학자료센터 한국학자료데이터베이스
132쪽	『호남읍지』 전동흘 관련 기록	한국학자료센터 한국학자료데이터베이스
157쪽	『흠흠신서』 서문	한국학자료센터 한국학자료데이터베이스

열네 살에 다시 보는 우리 고전 ❷

아버지의 세계에서 쫓겨난 자들

장화홍련전

1판 1쇄 발행일 2015년 3월 13일 | 1판 2쇄 발행일 2021년 1월 22일 | 글쓴이 고영 | 그린이 이윤엽
펴낸 곳 (주)도서출판 북멘토 | 펴낸이 김태완 | 편집주간 이은아 | 책임편집 진원지 | 편집 김정숙, 조정우
디자인 승디자인, 안상준 | 마케팅 최창호, 민지원 | 출판등록 제6-800호(2006. 6. 13) | 주소 03990 서울
시 마포구 월드컵북로6길 69(연남동 567-11), IK빌딩 3층 | 전화 02-332-4885 | 팩스 02-6021-4885
이메일 bookmentorbooks@hanmail.net
인스타그램 https://www.instagram.com/bookmentorbooks_ _
페이스북 https://facebook.com/bookmentorbooks

ISBN 978-89-6319-124-9　44810
ISBN 978-89-6319-143-0　44810(세트)

이 도서의 국립중앙도서관 출판예정도서목록(CIP)은 서지정보유통지원시스템 홈페이지(http://seoji.nl.go.kr)와
국가자료공동목록시스템(http://www.nl.go.kr/kolisnet)에서 이용하실 수 있습니다.(CIP제어번호: CIP2015009458)

열네살에
다시보는
우리고전
❷

아버지의 세계에서
쫓겨난 자들

장화홍련젼

고영 글 · 이윤엽 그림

북멘토

어서오세요,
아버지의 집어

그 사건은 어떻게 소설이 되었나

효종이 조선을 다스리던 1651년, 평안도 철산에서 끔찍한 일이 벌어졌습니다. 자매가 싸늘한 주검으로 발견됐거든요. 범인은 끔찍하게도 자매의 계모를 포함한 자매의 가족이었고, 친아버지는 사건을 덮으려 했지요. 당시 이 사건의 진실을 파헤친 인물이 철산 부사 전동흘입니다. 전동흘은 수사를 방해하는 온갖 상황을 무릅쓰고 진실에 파고듭니다. 사람들은 자매의 억울한 사연과 전동흘의 활약에 살을 붙이기 시작했고, 여기 다시 그 지역의 뜬소문이며 사람들의 상상력이 덧붙었습니다. 이제 사실은 점점 '흥미로운 이야기'로 몸을 바꿉니다.

억울한 죽음의 진실을 파헤친 전동흘은 무과에 급제하고 얼마 되지 않아 두각을 나타낸 빼어난 무관이었습니다. 군대를 지휘한 경험이며 고을을 다스린 경험도 있었습니다. 나중에는 서울 치안의 최고 책임자인 포도대장에 올랐습니다. 한마디로 헌걸차고 영민한 인물이었습니다. 이런 조상을 자랑스럽게 여긴 전동흘의 6대손 전만택은 글재주가 빼어난 사람에게 부탁해 6대조 할아버지 전동흘의 활약을 기록하게 합니다. 이때가 1818년인데요, 사건이 일어난 지 100년도 더 흐른 시점이지요. 또한 그 8대손 전기락은 1865년 『가재사실록嘉齋事實錄』이란 책에 다시금 전동흘의 이야기를 싣습니다.

연구자들은 1818년 당시 기록에 이미 사실과 허구가 뒤섞여 있다고 설명합니다. 이렇듯 철산 사건은 사실과 허구가 서로 영향을 주고받으며 소설에 접어듭니다. 그러다 19세기 후반이 되면 소설 『장화홍련전』으로 완전히 자리를 잡습니다.

끝없이 몸을 바꾸고 형태를 달리해 우리 앞에 되살아나는 이야기, 『장화홍련전』. 오늘날에 이르러서도 『장화홍련전』의 인기는 여전합니다. 19세기부터 꾸준히 독자를 만난『장화홍련전』은 이후 판소리·창극·영화·드라마로 다양하게 변신합니다. 2009년에는 미국 할리우드에도 등장하지요. 영화〈안나와 알렉스 : 두 자매 이야기The Uninvited〉는『장화홍련전』을 원작으로 한 한국 영화〈장화, 홍련〉을 바탕으로 제작되었습니다.

두 자매 이야기

장화와 홍련 자매는 평안도 철산 좌수 배무룡의 딸입니다. 좌수는 조선 시대 지방 자치 기구인 향청의 우두머리로, 고을 수령의 행정을 보좌하는 역할을 했습니다. 좌수는 과거를 거쳐 임금의 임명을 받는 벼슬은 아니지만 지역에서는 제법 세력이 있는 사람에게 돌아가는 자리입니다.

배무룡은 첫 아내 장씨가 장화와 홍련을 남기고 세상을 떠나자 허씨와 재혼하는데요, 후처 허씨는 배무룡과 두 딸의 사이를 시기했습니다. 시집와 낳은 아들 셋 때문일까요. 걱정은 더 늘어납니다. 장화와 홍련이 시집가면서 집안 재산을 떼어

가면 자신이 낳은 아들 몫의 재산이 줄어들겠지요. 자매에 대한 허씨의 짜증과 울분이 폭발한 시점, 나쁜 마음이 실제로 끔찍한 짓으로 터진 시점이 의미심장합니다. 하필 이때가 자매가 시집갈 만큼 나이가 찬 즈음이거든요.

허씨는 잔인했습니다. 죽은 쥐의 털을 뽑아 피를 묻혀 장화의 이불에 감춘 뒤, 장화가 난잡한 행실을 하다가 낙태했다고 모함합니다. 여기에 속은 배무룡은 집안 체면을 지키기 위해 장화를 없애자는 허씨의 말에 덜컥 넘어갑니다. 허씨는 맏아들 장쇠를 시켜 장화를 못에 빠뜨려 죽입니다. 얼마 뒤 이를 알게 된 홍련도 언니가 빠져 죽은 못에 뛰어들어 스스로 목숨을 끊습니다.

이후 철산에 새로 온 부사마다 부임 첫날 죽는 일이 거듭됩니다. 일이 이렇게 되자 철산에 부사로 오려는 사람은 아무도 없었습니다. 그런데 어느 날 정동우(또는 정동호)란 인물이 철산 부사로 가겠다고 자원합니다! 실제 주인공 정동흘과 소설 속 주인공의 이름이 비슷하지요? 정동우는 부임 첫날 밤 홍련의 원혼과 만납니다. 그는 허씨의 죄악을 밝혀내, 자매의 한을 풀어 주고 나중에 높은 벼슬도 합니다. 그런데 허씨만큼 죄가 무거운 자매의 아버지이자 이 집안의 가장인 배무룡은 임금의 명에 따라 훈방됩니다. 허씨는 임금의 명에 따라 능지처참 당했는데 말이죠. 그 뒤 배무룡은 세 번째 장가를 듭니다. 장화와 홍련은, 배무룡과 그의 세 번째 아내 사이에서 쌍둥이로 환생해 행복하게 살았다고 합니다.

가족 아닌 가족

아무리 소설이라지만, 계모도 엄연히 또 다른 어머니인데 자매를 죽이다니요! 게다가 실화가 바탕이라니요! 여기서 오늘날과는 좀 다른 조선 시대의 사회 분위기부터 알아볼까요?

조선 사람들의 평균수명은 오늘날에 견주어 워낙 짧았습니다. 의학사를 연구하는 분들은 조선 사람들의 평균수명을 35~44세 사이로 헤아립니다. 더구나 여성은 아이를 낳다가 죽는 경우가 많았지요. 또 제대로 된 가정이란 반드시 아버지와 어머니가 함께해야 한다는 생각이 요즘과 견줄 수 없을 만큼 단단했습니다. 가장은 아내 겸 어머니 자리를 비워 둘 수 없어 재혼을 서두르게 마련입니다. 재혼은 당대 사회의 요구와 압력에 맞닿아 있었습니다. 당연히 조선 시대에는 새어머니, 곧 계모를 둔 집안이 흔하디흔했어요. 그런데 실제로 계모가 '장화홍련'의 허씨나 '콩쥐팥쥐'의 팥쥐 엄마처럼 마음껏 전처의 자식들을 괴롭힐 수 있었을까요? '결코 아니올시다!'예요.

계모는 전처의 빈자리에 끼어든 사람입니다. 가족이 되었다고는 하지만, 난생처음 본 사람들과 금세 친해지기가 어디 쉽나요. 또 시집오기 전에 전처를 포함한 남편 집안이 이룬 재산에 대해서는 별다른 권리를 행사할 수 없습니다. 의지할 데라곤 남편뿐입니다. 남편과의 사이에서 아들을 못 낳는다면, 남편이 죽은 뒤에는 허울만 어머니이지 실제로는 남의 집안에서 홀로 고립될 수도 있습니다.

계모는 남편이 살아 있는 동안 남편에 기대 낯선 집안에서 자리를 잡아야 하는 불안한 존재입니다. 남편이 전처를 지나치게 그리워한다거나, 전처의 자식들이 돌아간 어머니에 대한 기억 아래서 자기들끼리 똘똘 뭉치기라도 하면 '왕따'가 되지요. 실제로 조선 시대 범죄 기록 가운데, 전처의 자식들이 새로 온 계모를 '어머니'로 인정하지 않고, 계모를 '첩'이라 부르며 마구 대한 경우도 있습니다. '첩'이라니요, 정식으로 결혼해 한 집안에 들어온 여성에게 씻을 수 없는 모욕입니다. 자식에게 '첩' 소리를 듣는 여성이 그 집안 어머니 노릇을 할 수 있겠어요? 가장이 혼인을 선언했다고 해서, 오로지 그 선언만으로 가정이 가정답게 돌아가진 않습니다.

재산 또한 중요한 문제입니다. 허씨 입장에서, 전처소생 자매가 시집을 가면? 아버지이자 가장인 배무룡은 시집가는 자매에게 분명히 집안 재산을 떼 줄 테지요. 이러면 허씨 소생 아들과 허씨가 손에 쥘 재산은 확 줄겠지요.

홍련의 원혼은 철산 부사에게 자매의 억울함을 호소하며 아래와 같이 말합니다만, 이는 홍련네만의 특별한 경우가 아니라 조선 시대 어느 정도 재산이 있으며, 재혼을 경험한 모든 집안에서 있을 법한 경우라고 할 수 있습니다.

"여기에는 다른 까닭이 없습니다. 본디 제 친모의 재산이 많아 노비가 수백이요, 논밭에서는 해마다 곡식 천여 섬을 거두었습니다. 금은보화는 수레에 싣고 말질을 해 헤아릴 정도로 많았습니다. 이 재산을 우리 자매가 시집갈 때 가져가지 못하도록, 허씨 혼자 다 가질 생각으로 우리 자매를 죽인 것입니다. 허씨가 그 재물을 누구에게 주겠습니까. 제가 낳은 아들자식에게 챙겨 주려는 속셈이지요. (후략)"

_본문에서

계모를 위한 변명

물론 소설 속 장화와 홍련의 죽음은 두말할 여지없는 비극입니다. 자매를 끔찍한 방법으로 모함하고, 아들을 시켜 살인을 저지른 허씨는 용서받지 못할 죄인임에 틀림없습니다. 한데 보이는 게 다가 아닙니다. 소설에서는 전처 자식이 일방적으로 모함을 당했지만, 현실에서는 앞서 말했듯 전처 자식이 계모를 왕따시킬 수도 있습니다. 소설에서는 계모가 일방적으로 전처의 재산을 노리고 있지만, 현실에서는 거꾸로 전처 자식이 계모가 가지고 온 재산을 '거저먹을' 수도 있습니다.

소설은 집안사람들로부터 온갖 질시를 받고 불이익을 당할 수 있는 계모의 현실을 모른 체하기로 마음먹은 듯, 허씨를 오로지 악독한 인물로 그리고 있습니다. 애초에 사악한 인물, 타고나기를 범죄형 인물로 묘사합니다. 게다가 외모까지 못생겼다고 설정해, '허씨는 추하잖아! 그러니 마음씨도 실제로 사악할 거야' 하는 편견을 은연중에 부추깁니다.

낳아 준 엄마, 사랑하는 친엄마를 잃었으니 장화와 홍련은 정말 안됐죠. 두 자매가 의좋게 지냈으니 보통 사람들의 동정심이 쏠릴 만도 합니다. 아무튼 자매는 엄마가 남긴 넉넉한 살림 아래 걱정 없이 살고 있었습니다. 또 아버지의 사랑을 독차지하고 있는데다 예쁘기까지 합니다.

자매의 보호자인 배무룡은 틈만 나면 두 딸과 마주 앉아 죽은 전처를 생각합니다. 잠시라도 두 딸을 못 보면 몇 년이라도 흐른 것처럼 여기고, 집으로 돌아오면 먼저 장성한 딸의 침실로 들어가 손을 잡고 눈물을 흘립니다.

> 배무룡은 늘 자매와 함께 장씨를 생각했다. 장씨만 생각하면 자매가 더욱 애틋해, 밖에서 돌아오면 먼저 딸의 침실로 들어가 딸의 손을 잡고 눈물을 흘리며 이렇게 말하

곤 했다.

"너희 자매가 깊이 규중의 부녀자가 거처하는 곳에 머물면
서 돌아간 어미를 그리워하는 줄을 나도 잘 안다. 이 늙은
아비도 늘상 슬퍼한단다."

허씨는 그럴수록 시기하는 마음이 크게 일어나 장화와 홍련
을 흉악한 계략으로 해칠 생각까지 났다. 허씨가 자매를 싫
어하는 낌새를 눈치챈 배무룡은 허씨를 불러 크게 꾸짖었다.

"우리는 본래 가난하게 지내다가 전처가 시집오면서 가져
온 재산으로 지금 풍족하게 살고 있소. 당신이 먹는 것은
다 전처 재산에서 비롯된 것이오. 그 은혜를 생각하면 크
게 고마움을 느껴야 마땅하지 않소? 한데 저 어린것들을
괴롭히려 들다니! 다시는 그러지 마오."

_본문에서

배무룡은 새로 들인 허씨를 배려하지 않습니다. 아내가 필요
해 재혼하긴 했지만, 배무룡은 장화가 스물이 되도록 제 품에
서 떠나보내지 못하고, "계모한테 구박이나 받지 않았느냐"는
소리를 아무렇지도 않은 듯이 합니다. 그것도 조심성 없게 떠

들어 허씨의 귀에 그 말이 들어가게 합니다.

　재혼해 정식 부인으로 들어온 허씨 입장에서는 속이 탈 노릇이지요. 가장이라는 사람이 지금 생활을 함께 꾸리고 있는 아내를 배려하기는커녕 마음을 불편하게 하고 시기심을 부채질하고만 있으니 말입니다. 전처의 그림자가 지배하는 집안 분위기, 그리고 가장의 푸대접은 예사로 보아 넘길 수 없습니다. 이런 상황은 허씨의 행동에 큰 영향을 끼쳤습니다.

아버지의 세계에서 쫓겨난 자들

　가장 배무룡의 품 안에서, 장화와 홍련은 돌아간 어머니의 추억으로 단단히 뭉쳐 있습니다. 계모 허씨는 허씨대로 이 집안의 일원으로 받아들여진 적이 없어서 홀로 불안합니다. 얼른 보면 계모가 자매를 모함해 죽였다는 단순한 줄거리가 먼저 눈에 들어오지만 이야기의 짜임새는 복잡하기 그지없습니다.

　먼저 새엄마를 맞은 자매의 불안과 공포가 한 겹입니다. 반대편에는 새 둥지에서 소외당하고 있는 계모의 불안과 공포가 다시 한 겹입니다. 그리고 자매와 계모의 머리 위에 또 다른 불안과 공포가 자리합니다. 바로 가장의 힘에 대한 두려움이지요.

배무룡은 가정에서 절대적인 권력을 쥔 어른, 곧 가부장입니다. 가장 배무룡이 집안에서 누구 하나를 버리면 정말 버려집니다. 예컨대 허씨가 조작한 낙태 증거물에 배무룡이 속아 넘어가자, 사랑받던 큰딸 장화는 하루아침에 집안에서 쫓겨나 물귀신 신세가 되고 맙니다. 일은 허씨가 꾸몄지만 장화에게 죽음을 명한 사람은 배무룡이죠.

배무룡은 살인범과 의논해 살인을 저지른 공범입니다. 배무룡은 제 딸자식을, 제 아내와 의논해, 큰아들에게 청부 살인을 맡겼습니다. 가족애와 가족윤리를 어겼다는 점을 들어 허씨를 욕한다면, 배무룡은 허씨보다 더한 욕을 먹어야 할 것입니다.

홍련의 죽음도 의미심장합니다. 꿈속에 나타난 언니를 통해 사건의 진상을 알게 된 홍련은 더 이상은 이런 집안에서 살 수 없다며 스스로 목숨을 끊습니다. 홍련은 계모 허씨는 물론 배다른 동생 장쇠에게 느끼는 공포만큼이나 친아버지 배무룡에게 겁을 먹었을 테지요.

죄 없는 두 자매를 난잡하다고 욕하다 물귀신으로 만든 집안. 혼자 힘으로 어떻게 할 수 없는 가정의 폭력을 맞닥뜨린 아찔함. 얼마 전까지 자매를 어여삐 여기기만 하던 가장의 돌변. 고비마다 되풀이해서 공포가 피어오릅니다.

허씨도 끝내 가장에게 버림받았습니다. 배무룡은 자신의 잘못을 구체적으로 말하고, 진심으로 인정한 적이 없습니다. 잘못은 두리뭉실하게 말해 자신이 어리석은 탓이고, 또 워낙 허씨에게 잘못이 있고, 자신은 교활한 허씨한테 속았다고 할 뿐입니다. 이 변명은 임금한테 먹혔습니다. 허씨는 온몸이 도막도막 잘려 나가는 '능지처참'이라는 극형에 처해지지만, 부모가 시키는 대로 배다른 누이를 죽인 장쇠는 교수형을 당하지만, 배무룡은 임금의 명으로 풀려난 뒤 세 번째 혼인까지 하고 평안한 여생을 누립니다.

가부장의 권력에 물음표를 달지 마라

자매의 죽음 이후도 답답하긴 마찬가지입니다. 신임 부사들은 철산에 오는 족족 죽어 나갑니다. 자매의 원혼이 억울함을 호소하려 새로 온 부사를 찾아갔지만, 워낙 담이 작은 수령들이 귀신에 놀라 급사했던 것입니다. 귀신은 깜짝 놀랄 만한 존재이기 이전에 한을 품은 백성이죠. 그런데 수령이 백성의 호소를 감당하지 못하다니 정말 답답합니다. 어쩐지 가정폭력이나 학교폭력 앞에서 맥을 못 추고 무능함을 드러내는 오늘날 어른들, 높은 자리에 있다는 사람들의 모습과 겹쳐 보입니다.

가정은 화목할 때는 구성원의 안식처이자 울타리지만, 가부장이 집안의 폭력을 은폐하려 할 때는 가정 밖에 있는 사람이 들여다보기 힘든 성벽이 되어 버립니다.

한편 국가는, 국가의 공권력은 당연히 국민의 안전을 책임져야 하죠. 이는 국가의 존재 이유이기도 합니다. 그런데 한 고을의 수령이 원혼의 호소를 듣기도 전에, 그저 겁에 질려 죽고 맙니다. 제 할 일을 하지 못하는 나라의 무능은 무능대로 안타깝고, 호소할 데 없는 억울한 백성의 처지는 또 그것대로 안타깝습니다.

다행히 철산 부사에 자원한 정동우는 이전의 한심한 관리들과는 달리 자매의 원혼을 두려워하지 않고 그들의 억울한 사연을 듣습니다. 그 뒤 사체를 찾아내고 범인을 쫓지요. 허씨는 거짓 증거를 내놓으며 범행을 숨기려 하지만 정동우는 공권력의 권위를 합리적으로 발휘해 사건의 진실을 밝힙니다. 그렇다면 배무룡은 어땠을까요. 심문을 받을 때, 비겁한 배무룡은 끝까지 영혼 없는 '죽여 주십시오'로 일관합니다.

> "(전략)제 미련함을 전혀 돌아보지 못하고, 전처의 유언을 던져 버리고, 흉악한 계략에 빠져 딸을 죽인 것이 틀림없으니 그 죄는 만 번을 죽어도 모자랄 것입니다. 만 번이라도 죽여 주십시오."
>
> _본문에서

여기에 다시 반전이 있습니다. '죽여 주십시오' 하던 배무룡은 임금의 명에 따라 석방됩니다.

> 정동우는 상관인 평안 감사에게 이 일을 보고했다. 감사는 보고를 받고 크게 놀랐다. 감사 또한 임금에게 보고하지 않을 수 없었다. 곧바로 조정에 보고를 올리니 임금은 장

화와 홍련 자매의 죽음을 슬퍼하며 명을 내렸다.

"범죄를 저지른 흉악한 허씨의 죄상은 사람으로서는 도저히 생각할 수도 없는 것이다. 허씨는 능지처참하고 그 아들 장쇠는 목을 매 사형에 처해 후일 교훈으로 삼도록 하라. 장화와 홍련 자매의 억울한 사연을 담아 그 넋을 위로하는 비를 세우라. 자매의 아비 배무룡은 석방한다."

_본문에서

　배무룡의 석방은 어떻게 보면, 국가 권력은 끝까지 가부장의 권위를 흔드는 것을 허락하지 않았다는 뜻으로 해석할 수 있습니다. 소설은 '배무룡이 허씨에게 속아서 잘못된 행동을 했을 뿐'이라며 배무룡의 석방을 정당화합니다. 뒤집어 말하면 가부장의 권위를 절대적인 것으로 여기는 사회에서는 가장의 잘못을 들추기가 거의 불가능함을 은연중에 드러내는 장면입니다. 장화와 홍련이 살던 시대의 한 모습입니다.

　조선 시대의 가정은 곧 작은 나라나 다름없고 나라는 큰 가정이나 다름없었습니다. 옛날 유럽 사람들이 왕을 신의 대리자라고 믿었고, 옛날 이 땅의 사람들은 왕을 아버지 곧 가부장으로 여겼지요.

나라가 가정이고 임금이 아버지·가부장인 사회와 문화 안에서 배무룡은 '단지 간악한 계모에 속아 넘어간 불쌍한 아버지'라는 변호를 받습니다. 임금은 죄인을 끝내 살려 줍니다. 더구나 원혼이 되어 배무룡의 품을 떠난 두 딸이 다시 배무룡 집안의 딸로 환생합니다. 자매는 죽은 다음에도 아버지의 품 안에 있습니다. 가부장의 힘과 그 힘을 뒷받침하는 사회질서가 이렇게 굳고 단단합니다.

풀린 듯 안 풀린 듯 알쏭달쏭한 결말

『장화홍련전』은 이야기를 한 겹 두 겹 풀수록, 행간을 파고들수록 새로운 발견을 할 수 있는 작품입니다. 억울함이 풀린 듯 안 풀린 듯 알쏭달쏭한 결말, 두 자매가 억지로 웃고 있을 것만 같은 설정도 해석의 길을 여러 갈래로 냅니다.

가진 것은 권위밖에 없는 가부장이 입버릇처럼 늘어놓는 '나는 몰랐다' 식의 치사한 변명 앞에서, 우리는 책임을 잃은 권위가 얼마나 부조리하고 비윤리적인지 떠올릴 수 있습니다. 그런가 하면 갈등의 밑바닥에 깔린 재산을 둘러싼 갈등은 가족윤리나 가족애라는 가치 속에 물질이라는 '현실적' 문제가 끼어들 수 있음을 넌지시 드러냅니다.

또 하나, 오늘날 독자의 고개를 끄덕이게 하는 것은 대화가 단절된 답답한 상황입니다. 집안에 섞이지 못한 허씨가 극단적인 충격을 남편에게 던지기 전까지, 그러니까 죽은 쥐의 털을 벗겨 조작한 장화의 낙태 증거를 제시하기 전까지, 배무룡과 허씨 사이에 마음을 터놓은 대화는 없었습니다. 가죽 벗긴 쥐 한 마리에 속고 나서야 배무룡은 허씨와 의논다운 의논을 시작합니다.

게다가 정동우가 부임해 장화와 홍련의 원혼이 대화 상대를 찾기 전까지를 생각해 보세요. 사건의 진상을 밝힐 책임이 있는 벼슬아치는 자매의 원혼이 입을 열기도 전에 말 한마디 듣지 못하고 숨을 거둡니다. 귀신이라고는 해도 원한을 풀어야 할 억울한 귀신인데, 모습을 나타내는 순간 사람 잡는 귀신이 됩니다. 사람이 사람을 돌아보지 않는 무관심 속에서는 억울한 혼령도 제 모습을 세상에 드러낼 수가 없습니다.

아무도 듣지 않는다

오늘날 한국 사회 또한 장화와 홍련 못지않게 억울한 사연이 가득합니다. 하지만 한국 사회를 움직이는 권위 있고 힘 있는 이들이 절박한 사람들의 이야기에 진심으로 귀를 기울이는 경우는 거의 없습니다.

가정은 가족을 보호하는 울타리가 아니라 가정폭력을 가리는 장막이 되곤 합니다. 학교와 학교폭력의 관계도 마찬가지고요. 오늘 대한민국 국가는 국민을 보호하고 있나요? 돌아보면 어린이·청소년·노인·여성은 어려움을 호소할 데가 없고, 학생은 교사를 의논 상대로 여기기 거의 불가능하고, 국가는 국민의 목숨을 지키는 데 자꾸만 실패하고 있습니다.

해고를 당한 노동자가 높은 데에 올라 수십 수백 일 단식 농성을 해도, 학생과 시민이 바닷속에서 영영 돌아오지 못했어도, 이밖에 수많은 억울한 사연 때문에 보통 사람들이, 청소년이, 청년이, 여성이, 학생이 저마다 불안과 공포와 울분 속에 스스로 목숨을 끊어도, 그 사연에 진심으로 귀를 기울이는 이가 드뭅니다. 진짜 잘못이 어디에 있는지, 진짜 잘못한 사람은 누구인지 알 수가 없습니다. 진심으로 사과하는 사람이 없습니다. 책임을 지는 이가 없습니다. 분명히 죄 지은 사람인데, 나라가 앞장서 풀어줍니다.

'어 참 비슷하네, 비슷하네' 하다가 다시 결말을 읽습니다.

한마디로 "잘 살았다"고 합니다. 잘 사는데요, 장화와 홍련이 배무룡이 맞은 세 번째 정실 사이의 자매로 환생해 잘 살았다고 합니다. 이렇게 해서 이야기의 공포와 원한은 진짜 풀린 것일까요? 독자 여러분은 여기서 다시, 오늘의 한국까지 껴 질문을 던질 수 있을 테지요. 억울함을 호소하는 사람들의 심정과 대답 없는 세상의 잔인함을 다시금 돌아볼 수 있겠지요. 계모한테 구박받다 죽은 불쌍한 자매의 인상에만 머물러 있다면, 또다른 질문을 던지기는 어려울 거예요.

끝으로 참고한 자료를 밝힙니다. 새로이 작업하면서, 연대 미상의 필사본 및 연활자본을 대본으로 삼았습니다. 이 분야 1970년대 이후 연구자들이 정리한 『장화홍련전』 교열본도 큰 도움이 되었습니다. 참고할 만한 자료와 연구를 남긴 여러분께 진심으로 감사드립니다.

오늘의

한국어로

다듬은

장화홍련전

장미와
연꽃

손을 내미는데
갑자기 회오리바람이 일어나더니
그 꽃이 변해 선녀가 되더라

조선, 세종이 임금으로 있을 때의 이야기이다. 평안도 철산에 배무룡이라는 사람이 살았다. 배무룡은 그 동네에서 대대로 살아온 사람으로, 과거에 급제하지는 못했지만 철산 수령을 보좌하는 좌수를 지내기도 했다.

　배무룡은 성품이 순하고, 집안 재산도 넉넉한 편이어서 세상에 부러울 것이 없었다. 다만 슬하에 자식이 하나도 없는 점은 큰 걱정거리였다. 이 때문에 배무룡과 아내 장씨 부인은 늘 근심을 품고 지냈다.

　그러던 어느 날, 장씨가 몸이 피곤하여 자리에 기대 졸고 있는데, 하늘에서 신선이 내려오더니 꽃 한 송이를 건네는 게 아닌가. 장씨가 얼결에 손을 내밀어 꽃을 받으려 하는데 갑자기 회오리바람이 일어나더니만 그 꽃이 변해 선녀가 되었다. 선녀는 장씨의 품속으로 와락 뛰어들었다. 장씨가 깜짝 놀라 잠에서 깨니 한갓 꿈이었다. 장씨는 자신이 꾼 기이한 꿈 이야기를 바로 남편에게 들려주었다. 배무룡은 이 말을 듣고 기뻐했다.

"자식 없는 우리 부부를 하늘이 불쌍히 여겼나 봅니다. 하늘이 이제 우리에게 자식을 내려 줄 모양입니다!"

배무룡의 말은 맞아떨어졌다. 그달부터 장씨에게 태기가 있었다. 열 달이 차던 날, 방 안에서 좋은 향기가 진동해 무사히 아이가 태어날 징조를 보였다. 장씨도 과연 큰 고생 없이 옥같이 어여쁜 딸을 낳았다. 부부는 사랑을 듬뿍 담아 딸자식에게 '장화'라는 이름을 지어 주고는 손안의 보물처럼 끔찍하게 아끼며 기르기 시작했다. 장화란 '장미꽃'을 뜻한다.

좋은 일은 몇 해 지나 다시 이어졌다. 장화가 세 살이 되자 장씨에게 다시 태기가 있었다. 부부는 아이를 낳기까지, 밤낮으로 아들 낳기를 바랐다. 그런데 이번에도 딸이었다. 서운한 마음이 없지 않았지만, 예쁜 아기 앞에서 서운함은 금세 가셨다. 부부는 둘째에게 '홍련'이란 이름을 지어 주고 첫째만큼이나 끔찍한 사랑으로 키우기 시작했다. 홍련이란 '붉은 연꽃'이란 뜻이다.

철산, 흉흉한 소문이 시작된 땅

장화와 홍련 자매가 태어난 곳은 조선에서도 저 북쪽 평안도 철산鐵山입니다. 철산은 993년, 고려 성종 임금 때 고려 영토가 된 강동 6주 가운데 하나입니다. 여기서 말하는 강동이란 '압록강 동쪽'을 뜻합니다.

993년 거란이 고려에 쳐들어오자 배포 두둑하고 머리 좋은 협상가 서희가 나서서 거란을 상대합니다. 강화에 나선 서희는 고려가 고구려의 후예라는 점을 들어 압록강 동쪽, 그때까지 고려도 거란도 아직 확실히 차지하지 못한 일정한 지역을 고려 땅으로 인정할 것을 요구했고, 끝내 거란으로부터 그 지역이 고려 땅임을 인정받습니다.

거란이 물러난 뒤, 고려는 이 지역의 여진족을 토벌하고 994년 흥화·용

주·철주·통주·곽주·구주 등 여섯 개 행정구역, '강동 6주'를 설치합니다.

이 가운데 철주鐵州가 바로 『장화홍련전』의 무대 철산입니다. 철산은 조선

시대 이래 오늘날까지도 그 지명을 유지하고 있습니다.

조선 시대 철산은 중국으로 연결된 길목에 있는 중요한 곳이었습니다.

육로뿐 아니라 철산 앞바다는 조선에서 중국으로 바로 빠져나갈 수 있는

압록강

철산

조선 후기 지도 〈동여도〉에 보이는 철산. 철산은 압록강과 가깝고 바다를 통해 바로 중국에 가 닿을 수 있다. 홍경래의 난 때 이 지역은 홍경래 무리의 중요한 활동 무대가 되기도 했다.

뱃길이었고요. 그런데 효종이 조선을 다스리던 때, 평안도와 철산은 기후 가 나빠 주민들이 자주 굶주림에 시달리곤 했습니다.

전동흘이 무과에 급제한 1651년 『조선왕조실록 : 효종실록』을 보면, 1년 전보다 기근이 더 심해져 죽어 가는 사람이 많으니 평안도와 황해도에서 급히 구호 활동을 하자는 건의가 올라옵니다.

『조선왕조실록 : 효종실록』 1651년 효종 2년 3월 11일에 기록된 구휼에 관한 의논

이때뿐이 아닙니다. 효종이 나라를 다스린 내내 조선은 가뭄과 기근에 시달렸습니다. 효종 7~8년 사이에는 무려 열 차례나 가뭄이 찾아올 정도였습니다. 평안도는 경기 이남과 달라 곡물이 잘 나는 땅도 아닙니다. 1659년, 평안 감사를 지낸 유심은 효종에게 자신이 겪은 조선 북녘의 참혹한 형편을 이렇게 증언했습니다.

늙은이와 어린이를 대동하여 바가지를 들고 빌어먹으러 다니는 자도 있고, 헐벗어 드러난 몸을 가리지 못한 자도 있고 노르무레한 얼굴로 길에서 미친 듯이 부르짖는 자도 있었습니다. 마을에 절구질 소리는 이미 끊겼고 애처롭게 울부짖는 소리만 온 들판에 퍼지니, 굶주려 허덕이는 참상이 마치 끓는 솥에 든 물고기와 같았습니다.

_『조선왕조실록 : 효종실록』 1659년 효종 10년 1월 21일 기록에서

이렇듯 효종이 다스리던 조선, 특히 북쪽의 형편은 말로 다 표현하기 어려울 정도로 어려웠고 민심은 어지럽기만 했습니다. 실제로 겪은 기근과 굶주림, 그리고 그에 따라 각박해진 지역 주민의 마음과 흉흉한 소문은 소설 『장화홍련전』의 분위기에 큰 영향을 미쳤겠지요.

장씨의
유언

행복은 끝이 나기 마련인가 ?

장화와 홍련 자매는 자라면서 점점 더 예뻐졌다. 용모도 남다르게 빼어났다. 그러면서도 행실이 바르고 어버이를 향한 효성도 지극했다. 배무룡과 장씨는 자매가 자라는 모습을 보면서 어디에도 견줄 수 없는 사랑을 느꼈다. 다만 자매가 조숙해 지나치게 어른스러운 구석이 있는 점만큼은 염려가 되었다.

그러나 행복한 시절에도 끝이 있는가? 장씨가 갑자기 병이 나 자리에 눕는 지경에 이르렀다. 배무룡과 장화가 정성을 다해 밤낮으로 병구완했지만 장씨의 병은 나날이 깊어만 갔다. 어떤 약을 쓰든 조금도 효험을 보지 못했다.

마음이 다급해진 장화는 하늘에 빌고 또 빌었다.

"부디 우리 어머니 얼른 일어나시게 도와주세요! 제발 낫게 해 주세요!"

장씨는 어느 순간 자신이 자리에서 일어나지 못할 것을 직

장씨의 유언 39

감했다. 가족들 노력이 아무 소용없음을 알아챘다. 장씨는 마음을 정리하고 가족들을 불렀다. 장씨는 장화와 홍련 자매의 손을 잡고 배무룡을 향해 서럽게 흐느끼며 말을 꺼냈다.

"제가 전생에 지은 죄가 많아 오래 살지 못할 모양입니다. 이렇게 세상을 떠나기는 서럽지 않습니다. 하지만 장화와 홍련을 기를 사람이 없으니 저세상에 가서도 차마 눈을 감지 못할 듯합니다. 아아! 이제 뼛속까지 맺힌 이 한을 가슴에 품고 저는 먼저 떠납니다. 외로운 넋이 달리 바라는 바가 있겠습니까? 제가 죽은 뒤에, 아이들 아버지는 다시 재혼을 하시겠지요. 그러다 혹시 제가 남기고 떠난 아이들에 대한 마음이 변하지는 않을지, 저는 이것이 두렵습니다."

장씨는 남은 힘을 다해 배무룡에게 마지막 말을 뱉었다.

"제 유언을 잊지 마십시오. 우리 가족이 함께 지내며 쌓은 정을 기억해 주십시오. 어미 없이 남은 두 딸을 불쌍히 여겨 주십시오. 아이들이 자라면 부디 좋은 가문의 반듯한 짝을 얻어 혼인시켜 주십시오. 그렇게만 해 주신다면 제가 비록 어두운 저승에서라도 아이들의 아버지께 감사드릴 것이며, 또 남은 인생에 축복을 아끼지 않겠습니다. 죽어서도 그 은혜를 잊지 않고 보답하겠습니다."

　말을 마친 장씨는 길게 한숨을 내뱉은 뒤 이내 숨을 거두고 말았다. 장화는 홍련을 껴안았다. 그러고는 하늘을 우러러 통곡하기 시작했다. 아무리 무뚝뚝한 사람이라도 애간장이 녹을 서글픈 광경이었다.

　그럭저럭 장례식을 마치고, 배무룡은 장씨를 집안 선산에 묻었다. 양반 가문의 가족 묘역인 선산은 대대로 조상과 후손의 묘소가 마련된 곳인지라, 더욱 빈틈없이 예를 갖추었다.

　장화는 밤낮으로 돌아간 어머니를 위해 상을 차려 올리며 슬퍼했다.

국가, 미담을 전파하다

　평균수명이 짧았던 조선 시대, 가장은 가정을 돌보고 전실 자식을 키우기 위해서라도 재혼해야 했으니, 계모를 맞는 경우는 흔하고도 흔했습니다. 그렇지만 사람 관계가 늘 좋은 쪽으로 풀리지만은 않지요. 낯선 사람과 금세 친해지기 또한 쉽지만은 않지요. 갈등은 아버지와 계모보다는, 대개 계모와 전실 자식 사이에서 시작되는 경우가 많았습니다.

　이 갈등이 좋은 쪽으로 풀릴 수만 있다면 얼마나 다행이겠어요. 그런 바람이 얼마나 컸는지 『장화홍련전』과는 사뭇 다른 이야기를 나라에서는 거듭 펴내기도 했답니다. 그 가운데 계모와 효자의 이야기를 다룬 "민손이 홑옷을 입다"라는 일화입니다.

중국 노나라 때 얘기다.

민손은 일찍이 친모를 여의고 계모 밑에서 자랐다. 계모는 자기가 낳은 아들만 아끼고 민손을 몹시 미워했다. 제 아들에게는 겨울에 두툼한 솜옷을 해 입혔지만 민손에게는 갈대로 속을 채운 옷을 해 입혔다. 그래도 민손은 가정의 평화를 위해 참고 견뎠다.

날씨가 몹시 추운 어느 날, 민손의 아버지가 외출을 하느라 민손에게 수레를 몰게 했다. 날씨는 추운데 변변한 옷을 입지 못한 민손은 수레를 몰다 그만 말고삐를 놓쳤다. 이에 아버지가 민손을 껴안고 아들의 옷을 만져 보니 갈대로 지은 옷이었다. 아버지는 화가 잔뜩 나 계모를 내쫓으려고 하였다. 그러자 민손이 아버지 앞에 무릎을 꿇고 말했다.

"어머니가 있으면 자식 하나만이 춥게 지내지만 어머니가 나가시면 자식 셋 모두가 춥게 지낼 테지요."

아버지는 계모를 내쫓지 않았고, 계모도 바로 마음을 고쳐 민손에게 자애를 베풀게 되었다.

_「오륜행실도」중간본에서

조선 철종 때 국가가 펴낸 윤리 교과서 격인 『오륜행실도』 중간본에서 그림으로 묘사한 민손의 일화. 조선 세종 때 『삼강행실도』가 처음 편찬된 뒤, 비슷한 내용의 윤리 교과서가 조선 시대 내내 편찬되었다.

『장화홍련전』에 견주어 느낌이 어떤가요. 나라에서는 전실 자식도 계모에게 효성 지극하기를, 계모도 전실 자식에게 자애롭기를 바랐군요. 중세 윤리에 비추어 당연히 그래야 한다고 말하는 셈입니다.

독자 여러분은 어떤가요. 어느 편이라도 상대를 배려했다면 하는 생각이 드나요, 아무래도 현실에서는 있기 힘든 이야기구나 하는 생각이 드나요?

창틈의
눈길

눈은 퉁방울 같고,
코는 아무렇게나 빚은 병 같고,
입은 메기 같고

세월은 강물처럼 흘렀다. 어느덧 배무룡과 장화, 홍련 자매는 삼년상을 마쳤다. 그러나 자매의 슬픔은 더욱 새롭기만 했다.

배무룡은 먼저 떠난 장씨의 유언을 되새기면서도, 아들을 낳아 가문의 대를 이을 생각을 하지 않을 수 없었다. 아들로 대를 잇는 것은 양반가의 중요한 도리가 아닌가. 이에 배무룡은 두루 재혼 상대를 찾게 되었다.

재혼 상대를 찾기란 쉽지 않았다. 이미 딸을 둘이나 둔 홀아비와 쉬이 혼인을 의논하는 집안이 어디 있겠는가. 그런 가운데 허씨라는 여인이 나타났다. 배무룡은 다시금 먼저 세상을 떠난 아이들의 어머니 장씨의 유언을 떠올렸다. 그러나 대를 이을 아들을 봐야 했다. 이보다 급한 일은 없었다. 배무룡은 체념할 데서는 체념하고, 허씨와의 재혼을 서둘렀다.

허씨는 용모가 아름다운 여인은 아니었다. 두 볼은 한 자가 넘고, 눈은 통방울 같고, 코는 아무렇게나 빚은 병 같고, 입은 메기 같고, 머리털은 돼지털처럼 뻣뻣했다. 그런 데다 키는 장승처럼 삐죽하고, 목소리는 이리 소리 같고, 허리는 두 아름이나 되었다. 게다가 팔은 꼬부라져 제대로 펴지 못하는 이른바 곰배팔이요, 다리는 불어 터질 듯 퉁퉁하고, 윗입술이 세로로 두 줄이나 째져 있었다. 그 주둥이를 썰어 내면 열 사발은 될 정도였고, 얼굴은 박박 얽어 콩을 넣어놓은 멍석이나 다름없었다. 한마디로 못생기고 또 못생긴 여인이었다.

허씨는 생김새도 생김새지만 마음씨가 막돼먹은 사람이었다. 행동거지 때문에 더욱 밉상이기도 했다. 보통 사람이라면 차마 하지 못할 일을 골라서 하는 인물이었으니, 한시라도 집에 두기가 곤란할 지경이었다.

배무룡이 서둘렀는지 허씨가 서둘렀는지, 그래도 허씨는 금세 아이를 가졌다. 시집온 그달부터 태기가 있더니 해마다 연달아 아들을 셋이나 낳았다. 배무룡은 잇달아 태어난 자식 때문에 더욱 분주해졌다. 허씨한테도 함부로 할 수가 없었다.

그렇지만 먼저 떠난 첫 부인이자 자매의 어머니인 장씨를 잊은 것은 아니었다. 배무룡은 늘 자매와 함께 장씨를 생각했다. 장씨만 생각하면 자매가 더욱 애틋해, 밖에서 돌아오면 먼저 딸의 침실로 들어가 딸의 손을 잡고 눈물을 흘리며 이렇게 말하곤 했다.

"너희 자매가 깊이 규중의 부녀자가 거처하는 곳에 머물면서 돌아간 어미를 그리워하는 줄을 나도 잘 안다. 이 늙은 아비도 늘상 슬퍼한단다."

허씨는 그럴수록 시기하는 마음이 크게 일어나 장화와 홍련을 흉악한 계략으로 해칠 생각까지 났다. 허씨가 자매를 싫어하는 낌새를 눈치챈 배무룡은 허씨를 불러 크게 꾸짖었다.

"우리는 본래 가난하게 지내다가 전처가 시집오면서 가져온 재산으로 지금 풍족하게 살고 있소. 당신이 먹는 것은 다 전처 재산에서 비롯된 것이오. 그 은혜를 생각하면 크게 고마움을 느껴야 마땅하지 않소? 한데 저 어린것들을 괴롭히려 들다니요! 다시는 그러지 마오."

배무룡은 조용히 타이른다고 타일렀지만 승냥이나 이리와 같은 허씨의 그 마음이 어찌 갑자기 바뀌겠는가. 도리어 이런 일을 겪으며 허씨는 자매를 더욱 미워하게 됐고 밤낮으로 자

매를 해칠 궁리까지 하게 되었다.

하루는 배무룡이 안채로 들어와 딸의 방에 들어가려는데, 자매가 서로 손을 잡고 슬퍼하며 옷깃을 적실 정도로 눈물을 흘리다 인기척을 느끼고는 아무렇지 않은 듯 자세를 고쳐 앉았다. 배무룡은 눈치를 채고 측은한 마음에 탄식을 내뱉었다.

"너희가 돌아간 어미를 생각하며 아직도 슬픔을 이기지 못하고 지내는구나."

배무룡 또한 눈물을 흘리며 자매를 위로했다.

"이렇듯 반듯하게 컸으니 너희 어미가 살아 있었다면 오죽이나 기쁘겠느냐만, 새어미를 만나 심한 구박을 받고 사니 너희 팔자가 기구하구나. 내 그 슬픔을 짐작한다. 내 다 알아서 너희 마음을 안심시키고 편히 지낼 수 있도록 하겠다."

때마침 허씨가 창틈으로 이 모습을 엿보고 말았다. 허씨는 배무룡이 자매와 나눈 말에 더욱 화가 나 본격적으로 흉계를 꾸미기 시작했다. 문득 계획이 떠올랐다. 끔찍하기 이를 데 없는 계획이었다.

사실과 소설 사이

자, 여기서 전동흘의 후손이 정리한 『가재사실록』과 소설 사이의 차이를 알아볼까요?

장화 그리고 홍련. 자매의 이름은 『가재사실록』(이하 '후손 기록')이나 소설 『장화홍련전』이나 같습니다만 다른 데서 잘디잔 차이가 있습니다.

소설 속 시간 배경은 조선 세종 때, 후손 기록에는 조선 효종 때.

소설 속 자매의 아버지 이름은 배무룡, 후손 기록에는 배시황. 두 군데 모두 직함은 좌수.

소설 속 계모는 허씨, 후손 기록에는 특별한 성씨 없음.

소설 속 배무룡과 허씨 사이에 난 아들은 삼형제(큰아들 이름은 장쇠).

후손 기록에는 필동과 응동 형제. 부모의 명을 받고 끔찍한 범행을 직접 실행하기는 모두 큰아들.

　이상 잘디잔 차이는 있으나 이야기의 틀을 바꿀 정도는 아닙니다. 그런데 큰 차이를 보이는 데가 한 군데 있습니다. 후손 기록에 따르면, 장화가 스무 살 되던 해에 실제로 훌륭한 가문의 아들과 정혼했다는 것입니다. 혼인을 앞두고 혼수를 준비할 상황에서 계모는 생쥐를 죽이고 털을 벗긴 뒤 장화에게 누명을 뒤집어씌운 것이지요.

　장화의 정혼 상대가 있고 없고는 상황 차이가 큽니다. 집안과 집안 사이에 혼인 약속이 됐다면, 상대방 집안에도 장화에 관한 추문이 들어갈 수밖에 없습니다. 그와 같은 상황을 무릅쓰고 범행이 이루어졌다면, 어쩌면 실제 사건은 소설보다 더 끔찍하고 참혹했을지 모릅니다. 실제 범인의 마음이 소설보다 더 모질었을 수도 있습니다. 가문의 체면이고 뭐고 물불 가리지 않고 큰딸을 제거하려 했단 말입니다.

자매가
잠든
사이에

차마 생각할 수도 없는 일이
벌어졌습니다

허씨는 제 아들 장쇠를 시켜 큰 쥐를 한 마리 잡아 오게 했다. 그러고는 아무도 몰래 쥐의 털을 뽑고 알몸뚱이로 드러난 몸통에 다시 쥐 피를 묻혔다. 누가 봐도 낙태한 핏덩이 모양이었다.

허씨는 자매가 잠든 방에 들어가 그 쥐를 몰래 장화의 이불 밑에 넣고 나온 뒤 배무룡을 기다렸다. 얼마 후 밤이 깊어 배무룡이 안채로 들어오자 허씨는 일부러 표정을 굳히고 혀를 찼다. 배무룡이 물었다.

"아니, 대체 왜 이리 정색을 하고 혀를 차는 게요?"

허씨는 준비했던 말을 꺼냈다.

"집안에서 차마 생각할 수도 없는 일이 벌어졌습니다. 바로 말씀드리면 틀림없이 제가 불쌍한 딸자식을 모함한다고 하실 테니, 입이 떨어지지 않습니다. 그러나 이제 도저히 말씀드리지 않을 수 없는 지경에 이르렀습니다."

배무룡은 놀라 귀를 쫑긋 세웠다.

"당신은 자매의 친어버이입니다. 두터운 정을 느끼겠지요.
그러나 자매는 친어버이가 집 밖으로 나갈 때는 꼭 돌아보고
집에 돌아와서는 꼭 자식을 찾아보는 그 정을 전혀 모르고 그
동안 부정한 행실을 많이도 저질렀습니다."

"그게 대체 무슨 말이오?"

"저 또한 친어미는 아니므로 말은 못 하고 뭔가 차마 입에
담기 힘든 일을 장화가 저질렀을 것으로 짐작만은 하고 있었
습니다. 오늘은 늦도록 장화가 일어나지 않기에, 또 몸이 불편
하다고 하므로 방에 들어가 보았습니다. 그런데 무슨 일이 벌

어져 있었는지 아십니까? 장화가 낙태를 하고 미처 수습하지 못하여 쩔쩔매고 있는 것이었습니다."

"뭐요?"

"저는 놀라 말도 나오지 않았습니다. 그래도 장화가 애원하므로 나와 장화 둘만이 알고 있자고 약속해 버렸습니다. 우리는 대대로 양반입니다. 이런 일이 밖으로 알려지면 어떻게 얼굴을 들고 세상을 살아갈 수 있겠습니까?"

배무룡은 이 말을 믿어야 할지 말아야 할지 몰라 정신이 아득해졌다. 허씨는 배무룡의 손을 잡았다. 배무룡은 그 손에 이끌려 자매의 방으로 들어갔다.

자매는 누가 들어오는지도 모르고 깊은 잠에 빠져 있었다. 허씨는 살며시 장화의 이불을 들추고는 감춰 두었던 흉악한 것을 가만히 찾아내는 체했다. 허씨는 피 묻은 쥐를 배무룡에게 내밀었다. 어리석은 배무룡에게는 의심할 여지없이 낙태한 핏덩이로 보였다. 배무룡은 속이 푹푹 썩는 듯했다.

　　"앞으로 이 일을 어쩌면 좋습니까?"

　　이미 흉악한 계교를 짜 놓은 허씨는 앞뒤를 맞춰 대답했다.

　　"일이 몹시 중대하고 어렵습니다. 양반가 처녀가 애를 뱄다 낙태하다니요. 장화를 남몰래 죽여 아예 그 흔적을 완전히 없애지 않으면 소문이 번지는 것을 막을 길이 없겠지요. 하지만 시신이라도 발견된다면 남들은 사정도 모르고 계모가 전처가 남긴 딸자식을 모함해 끔찍한 일을 저질렀다고 비방하겠지요. 그렇다고 장화를 그냥 두면 필시 난잡한 행동은 이어질 테고, 언젠가는 이 일도 밖으로 흘러 나가 남부끄러운 꼴을 면할 길이 없어질 것입니다. 답답하기만 합니다. 차라리 제가 먼저 죽어 이 꼴 저 꼴 안 보고 억울한 일도 당하지 않는 편이 나을 것 같습니다."

　　허씨는 말을 마치자마자 스스로 목숨을 끊는 시늉을 지어 보였다. 저 미련한 배무룡은 허씨에게 급히 달려들어 아예 울면서 빌기 시작했다.

"그대의 속 깊은 마음씀씀이는 내 이제 잘 알겠습니다. 도무지 어찌해야 할지 모르겠어요. 당신이 방법을 가르쳐 주면 어떻게든 내가 저 아이를 처치하겠소!"

허씨는 속으로 기쁨의 박수를 쳤다.

'됐다! 이제 소원대로 되겠다!'

허씨는 기쁨을 감추고 다시 탄식하며 말을 이었다.

"제가 죽어 이 일 저 일 모르고자 했는데, 당신이 이렇게까지 말리시니 어쩔 수 없이 참습니다. 그러나 분명히 말씀드립니다. 저 아이를 죽이지 않으면 앞으로 가문이 화를 면치 못할 것입니다. 지금 일 돌아가는 형편이 몹시 어렵습니다. 한편으로는 딸자식을 처치해야 하고, 한편으로는 집안을 지켜야 합니다. 일을 서두르십시오. 집안을 위해 한시가 급합니다."

배무룡은 장씨의 유언이 떠올라 정신이 아득해졌다. 한편으로는 장화에게 화가 치밀어 견딜 수가 없었다. 배무룡은 장화를 처치할 구체적인 방법을 허씨와 의논하기 시작했다. 허씨는 모든 계획이 들어맞아 기쁘기 그지없었다. 그러나 다시 한 번

기쁨을 감추고 흉악한 계책을 풀어놓았다.

"장화를 불러 저희 외삼촌한테 다녀오라고 하십시오. 갈 때 장쇠와 함께 가게 하십시오. 가는 길에 있는 연못에 빠뜨려 죽이는 게 상책이 아닐까 합니다."

배무룡은 이 말을 옳다고 여겼다. 바로 장쇠를 불러 허씨의 계획 그대로 일을 끝내라고 명했다.

자살인가 타살인가,
백필랑·백필애 자매 사건

여기서 너무나 끔찍한 실제 사건을 하나 봅시다.

1768년, 조선 영조 임금 44년 3월에 전라도 강진에 사는 백문일의 두 딸 백필랑·백필애 자매가 연못에 몸을 던져 스스로 목숨을 끊습니다. 이웃들은 조사 과정에서 백문일의 후처이자 집안의 계모인 나씨가 평소 백필랑·백필애 자매를 구박했고, 자매는 이를 견디다 못해 자살했다고 증언합니다.

당시 백씨네 이웃에 살던 사람들과 사건을 조사한 관리들은 자매의 최후를 다음과 같이 낭만적으로 그려 놓고는 더욱 불쌍해 했습니다.

자매는 광주리를 끼고 방죽을 따라 걸으며 나물을 캐다 치마끈을 서로에게 묶었다. 그러고는 물빛 푸른 못을 바라보더니만 이윽고 꽃잎처럼 졌다.

수사와 재판의 결과, 계모 나씨는 끝내 사형판결을 받습니다. '자매는 계모의 구박을 견디다 못해 자살했다, 도저히 목숨을 끊지 않을 수 없을 만큼 구박했다, 그러니 나씨는 사실상 살인범이다' 하는 논리였지요. 나씨는 결국 여러 사람이 보는 가운데 매를 맞아 죽습니다.

그런 뒤 수십 년이 흐른 1801년, 유명한 학자 다산 정약용이 강진에 귀양살이를 갔다 이 사건을 접합니다. 정약용은 사건의 진상을 의심하게 됐는데요. 기록을 검토하다 미심쩍은 데를 발견했기 때문입니다. 곧 사람들이 '계모라면 전처소생 자녀를 구박했을 것이다'라는 선입견 때문에 나씨를 살인범으로 몰고 또 사형으로 몰고 갔으리라는 의심에 다다른 것입니다.

정약용의 짐작은 틀리지 않았습니다. 갈등은 이미 백문일이 재혼할 때

시작되었습니다. 육남매는 나씨를 어머니로 받아들이지 않았습니다. 재판 당시, 백문일은 나씨를 일러 '후처'라고 했지만 아들 백득손은 나씨를 '첩'이라고 했습니다. 백문일은 자녀들에게 나씨를 '새어머니'라고 일렀지만, 자매의 오빠들은 나씨를 "저 여자는 어머니가 아니다"라며 선을 그었습니다. 아버지가 재혼했으니 가정이 이뤄진 것일까요? 새어머니를 첩이라고 부르는 전처소생이 있는 한, 가정은 제대로 굴러갈 수가 없지요.

백문일은 이 갈등을 수습하지 못하고 재혼 생활을 이어 갑니다. 그러다 다시 문제가 터집니다. 백문일이 자녀들에게서 돈 80전을 가져다가 허비하는 바람에 갈등이 폭발합니다. 이때도 나씨는 이 돈 80전 가운데 단 한 푼도 만지지 않았습니다.

갈등이 높아가는 중에 자매의 오빠들이 자매들에게 자살을 부추겼음도 드러났습니다. 폭발 직전의 상황에서, 자매의 오빠들은 평소 싫어하는 계모 나씨를 빠져나올 수 없는 덫으로 몰 궁리를 했고, 극단적인 방법을 생각해 낸 것입니다. 곧 내 죽음으로 계모를 궁지에 몰아넣기로 한 것입니다.

　정리하면 갈등의 단초는 아버지 백문일이 마련했고, 비극의 연출자는 두 오빠였고, 상상을 뛰어넘는 연기를 펼친 연기자가 백필랑·백필애 자매였습니다!

　정약용은 원래 나씨가 살던 동네 이웃으로부터는 나씨가 양순한 사람이고 백씨네 자녀들을 구박한 적이 없다는 새로운 증언을 듣습니다. 오히려 두 자매의 시기와 음험함이 일상생활에서 문제가 되었다는 증언까지 나옵니다. 결정적으로, 사건 당사자이자 갈등의 핵심에 서 있었던 자매의 오빠 백득손의 증언을 전해 듣습니다. 백득손은 다음과 같이 말했다고 합니다.

　계모는 몹시 원통하게 죽었다. 나는 계모의 억울함을 알고 있었지만, 계모에게 죄가 없다는 사실을 밝히지 않아 죽음에 이르게 했다.

　정약용은 사람들의 선입견·편견에 따른 조사와 증언 때문에 나씨가 억울하게 범죄자가 됐고 원통하게 맞아 죽었음을 분명히 기록해 수사와 판

결의 교훈으로 남겼습니다. 그러나 맞아 죽기 전까지 나씨에게는 억울함과 원한을 호소할 어떤 기회도 없었습니다. 나씨의 억울함을 알아준 사람, 진실을 밝힌 사람은 너무 늦게 나타났습니다.

자매의 죽음도, 나씨의 죽음도 모두 안타깝습니다. 갈등 해결과 가족 구성원 사이의 화해를 위한 어떤 노력도 없이 극단적인 방법을 택한 백씨네 오빠들한테도 소름이 끼치고, 최악의 선택에 이르기까지 그저 입을 다물고 팔짱만 끼고 있던 아버지의 무심한 태도에도 몸서리가 납니다. 이웃과 관리들의 선입견과 편견에도 억울한 죽음에 대한 책임이 없다고 할 수 없겠지요?

아버지의
명령

이내 심정,
저 검은 하늘을 종이 삼아 쓴다 해도
다 쓰지 못할 것

장화와 홍련은 종종 죽은 어머니를 그리며 슬픔에 잠들곤 했다. 그날도 자매는 이런 일이 벌어진 줄도 모르고 깊은 잠에 빠져 있었다.

이윽고 잠에서 깨어난 장화는 어쩐지 몸과 마음이 무겁기만 했다. 다시 잠을 이루지 못하고 일어나 앉아 있는데 갑자기 아버지가 부르기에 바로 그 앞에 나갔다. 배무룡은 본심을 숨기기 위해 애쓰며 말했다.

"너희 외삼촌 댁이 여기서 멀지 않으니 지금 잠시 다녀오거라."

장화는 뜻밖의 말에 너무나 놀랐다. 또한 영문 모를 슬픔이 난데없이 닥쳐 눈물을 머금고 대답했다.

"제가 오늘까지 집을 벗어나 본 적이 없는데, 아버지께서는 어찌 이 깊은 밤에 다녀 본 적 없는 길을 가라고 하십니까?"

배무룡은 크게 화를 내며 꾸짖었다.

"장쇠를 데리고 가면 그뿐이다. 무슨 잔말을 하여 아비의 영을 거역하느냐!"

장화는 이제 울음소리를 참을 수 없는 지경이 되었다.

"아버지께서 죽으라 하시면 어찌 분부를 거역하겠습니까. 다만 밤이 깊었으니 제 어린 생각에 사정을 아뢸 따름입니다. 지금 이렇게 분부하셨지만 아버지, 황송하오나 밤이나 새거든 가게 해 주시길 간절히 바랍니다."

배무룡이 비록 어리석은 인물이긴 하지만 어버이로서 자식의 정에 이끌려 망설이지 않을 수 없었다. 잠깐 주저하며 멈칫하는데 몰래 이 모습을 지켜보던 허씨가 발길로 문을 박차며 뛰어들더니 장화를 꾸짖기 시작했다.

"자식이 되어 어버이의 영을 수이 따라야 마땅할진대, 어찌 분부를 어기려 하느냐!"

계모의 호령을 들은 장화는 더욱 서러워 울음이 한층 커졌다. 어쩔 도리가 없었다.

"아버님 분부가 이러하시니 다시 여쭐 말씀이 없습니다. 분부대로 하겠습니다. 바로 길 떠날 준비를 하겠습니다."

장화는 방으로 들어가 홍련을 깨워 손을 잡고 울며 말했다.

"아버님이 무슨 생각이신지, 왜 이러시는지, 도대체 무슨 일이 일어났는지 모르겠구나. 이 밤중에 외가에 다녀오라 하시니 마지못해 가긴 가야겠다. 그렇지만 이 길이 아무래도 불길하기만 하다. 정말 슬픈 것이, 우리가 어머니를 여의고 서로 의지해 세월을 보내지 않았니. 그동안 한시라도 헤어진 적 없이 지냈는데 천만 뜻밖에 이런 일을 당하는구나. 너를 이 쓸쓸한 빈방에 혼자 두고 갈 일을 생각하면 가슴이 터지고 간장이 타는 것 같다. 이내 심정 저 검은 하늘을 종이 삼아 쓴다 해도 다 쓰지 못할 것이다. 아무쪼록 잘 있거라. 내 가는 길이 좋은 길이 되지 않을 듯하지만, 어떻게든 빨리 돌아오도록 애를 써 볼게. 그 사이에 내가 그립더라도 참고 기다리렴. 나 이제 옷이나 갈아입고 나간다."

옷을 갈아입은 장화가 다시 홍련의 손을 잡고 타일렀다.

"아버지랑 새어머니를 극진히 섬기기 바란다. 두 분 모실 때 잘못함이 없게 하고 나를 기다려 주면 며칠 새 금세 돌아올게. 그 짧은 동안도 걱정이 되는구나. 너를 두고 가는 근심은 헤아릴 길이 없다. 그렇지만 너는 슬퍼 말고 부디 잘 있거라."

장화는 말을 마치자 또다시 울음이 터져 나왔다. 장화와 홍련은 손을 놓을 수가 없었다. 살아서 두 자매를 그지없이 사랑한 장씨는 왜 이 순간 자매를 굽어살피지 못하는가!

허씨는 자매가 이별하는 장면도 몰래 훔쳐보고 있었다. 바로 자매의 방으로 뛰어 들어가더니 이리나 승냥이가 우는 것처럼 소리를 지르며 자매를 떼놓았다.

"이것들이 어찌 이렇게 요란하게 구느냐!"

그러고는 바로 장쇠를 불러 짐짓 화를 냈다.

"내가 네 누이를 데리고 얼른 외가에 다녀오라 했느냐, 안 했느냐! 아직도 이러고 있으니 어쩐 일이냐!"

그러자 돼지 같은 장쇠는 바로 염라대왕의 분부나 받은 듯 어깨춤을 추고 마루에서 발을 구르며 소리를 벼락같이 질러 큰누나를 윽박질렀다.

"빨리 나와요! 아버지 분부를 거역할 거요? 큰누나 때문에 공연히 나만 꾸지람 듣고 있잖아요. 속상하게 말이야!"

장쇠의 재촉도 제 어미 허씨 못잖았다. 장화는 어쩔 수 없이 홍련의 손을 떨치고 나오려 하였다. 이때 홍련이 울음을 터뜨리며 언니의 옷자락을 붙들고 소리쳤다.

"언니, 잠시도 떨어진 적이 없는데 갑자기 나 버리고 어디를 간단 말이에요?"

홍련은 자신을 떼놓고 나가는 장화를 쫓아 나오며 매달렸다. 장화는 홍련의 모습을 보며 제 속이 마디마디 끊어지는 듯했지만 홍련을 달랬다.

"내 잠시 다녀오마. 울지 말고 잘 있거라."

장화는 설움에 잠겨 말끝을 맺을 수가 없었다. 집안 하인들도 이 광경을 보고 눈물을 흘렸다. 홍련이 언니의 치마폭을 끝내 잡고 놓지 않자, 허씨가 들이닥쳐 홍련의 손을 낚아채며 윽박질렀다.

"언니가 외가에 가는데 네 어찌 이처럼 요망스럽게 구느냐."

홍련은 맥없이 물러섰다. 허씨가 장쇠에게 넌지시 눈짓하니 다시 장쇠의 재촉이 성화같았다. 장화는 마지못해 홍련과 이별하고 아버지 배무룡에게도 인사를 올렸다. 그러고는 말에 올라 길을 나섰다. 울음을 멈출 수 없었다.

계모 이야기,
'가족 로망스'의 야심찬 발명품

『장화홍련전』뿐이 아니지요. '신데렐라'며 '콩쥐팥쥐'며 무슨 나쁜 계모 이야기가 이렇게 많은가요.

지금 이렇게 『장화홍련전』을 읽으며 동서양의 계모 이야기를 떠올리는 마음이 마냥 편치만은 않습니다. 혈육이 아니어도 그야말로 친모친자녀 이상으로 서로를 사랑하고 아끼며 행복하게 지내는 분들이 예부터 많은데요. 껍데기만 남은 공경과 효도가 아니라, 새로이 맺은 정을 가꾸며 살아가는 분들도 많은데요. 도대체 왜 사람들은 '나쁜 계모 이야기'는 이렇게 잔뜩 만들고, 서로 위하고 행복하게 사는 훌륭한 계모와 전실 자식들의 사

연에는 인색할까요?

일단 사람들의 흥미, 심성이 '나쁜 계모' 쪽에 기울어 있다고 해야겠죠. 어째서 그럴까라고 묻는다면, 정신분석학의 창시자로 유명한 지그문트 프로이트의 설명을 빌려 거칠게 요약해 볼게요.

프로이트는 정신과 의사로서 자신의 부모를 친부모가 아닌 것으로 여기는, 그런 쪽으로 생각을 몰아가는 사람들을 많이 발견하게 됩니다. 많은 사람들이 소설 쓰듯이 허구의 가족 이야기(가족 로망스, Family Romance)를 만들어 내고, 그것을 사실이라고 확신하는 경우가 많았습니다. 이를 대표하는 예가 '고아 환상'입니다. 실제 부모는 따로 있는데, 지금 자기는 남의 집에 들어와 살고 있다는 공상입니다.

이런 환상에 빠진 사람은 실제 부모는 자기가 바라는 모든 것을 해 줄 수 있는 대단한 능력을 지녔다고 생각합니다.

어린이는 부모를 전능한 존재로 생각하고, 부모에게 절대적으로 의지합니다. 그렇지만 자라면서 부모에 대한 환상이 깨지게 마련입니다. 크면서 부모의 모자람을 확인하게 되고, 약점도 보고, 가정이 마냥 행복을 주

지만도 않음을 확인합니다. 이때 생긴 부모에 대한 불만이나 원망이 "이 사람들은 나를 낳아 준 사람이 아닐 거야. 진짜로 내가 바라는 모든 것을 해 줄 수 있는 부모는 다른 데 살아 계실 거야" 하는 상상으로 몰고 간다는 것입니다.

이는 어려서 한때 하는 상상입니다. 또한 어린이다운 불만을 해소하기 위해 작동시킬 만한 나름의 마음의 움직임이라고 프로이트는 설명합니다. 문제는 몸이 자라는 동안 마음이 성숙하지 못해, 공상 속 전지전능한 부모와 흠 없이 행복하기만 한 가정에 대한 집착을 버리지 못한 경우입니다. 이렇게 되면 마음에 병이 납니다.

이제 프로이트의 설명을 뒤집어 살펴봅시다. "나를 구박하는 저 사람이 내 진짜 부모가 아니다"라고 한다면?

상상은 이렇게 뻗을 수 있습니다. 나한테 해 주는 것도 없고, 나를 혼내는 저 사람은 실제 부모가 아닙니다. 진짜 우리 엄마 또는 우리 아빠의 자리를 빼앗고 지금 나를 괴롭히고 있습니다. 나를 괴롭히는 가짜 부모는 제발 사라졌으면 좋겠습니다. 이런 생각이 연장되면 계모가 천벌을 받는 이

야기를 즐기게 되는 것이죠. 아빠는? 남성 가장은 상대적으로 완력도 세고, 사회가 짠 틀 안에서도 엄마보다는 강자잖아요. '나쁜 계모'가 만만하지요.

장화와 홍련, 콩쥐와 팥쥐, 신데레라의 계모뿐 아니라 오늘날 텔레비전을 켜기만 하면 나오는 수많은 계모 이야기는 '가족 로망스'의 변주일 수도 있겠군요.

깊고
무심한
연못

저 집 안 깊은 곳에,
쓸쓸한 처녀의 처소에
너 홀로

장쇠는 급히 말을 몰았다. 장화와 장쇠는 금세 산골짜기 외
딴 데로 들어갔다. 산은 첩첩이 막혔고 물은 골짜기마다 가득
했다. 풀 우거지고 소나무와 잣나무가 빽빽했다. 사람의 자취
는 찾을 길 없이 적막한데 달빛만 휘영청 밝고 구슬픈 두견의
소리만 울려 퍼지니 알 수 없는 슬픔을 더하는 곳이었다.

　장화가 굽어 보니 소나무 숲 한가운데 연못이 하나 있는데
지름이 어림잡아 40여 리는 되는 것 같고, 깊이는 헤아리기 힘
들 정도였다. 힐긋 보는 것만으로도 정신이 아득하고 물소리는
처량하게 들리는데, 장쇠가 말을 세우고 장화에게 내리라고 하
였다. 장화가 깜짝 놀라 큰소리로 장쇠를 나무랐다.

　"어찌 이런 곳에서 내리라 하느냐?"

　장쇠는 본심을 드러냈다.

　"죄 지은 사람이 죄를 알 텐데 무얼 물어요? 외가 다녀오란

말을 믿었소? 난잡하게 살더니만, 그래도 우리 어머니가 착해서 지금까지는 모르는 체하셨단 말입니다. 하지만 이제 낙태한 사실이 밝혀졌단 말입니다. 부모님이 나를 시켜 남몰래 이 연못에 누나를 처박고 오라고 하셨소. 올 데로 왔으니 얼른 물속에 들어가오."

장쇠는 장화를 말에서 끌어내렸다. 장화는 이미 정신이 아득하고 날벼락을 맞은 듯 넋이 나갔다. 장화는 하늘에 대고 울부짖었다.

"하늘도 야속하지, 이 일이 웬일입니까. 왜 저를 세상에 나게 하고, 또 세상 어디에도 없을 억울한 누명을 씌워 이 깊은 연못에 빠져 죽게 하십니까. 속절없이 원혼이 되게 하시다니요. 하늘이여, 굽어살피소서! 저는 세상에 난 후로 문밖을 나가 돌아다닌 적이 없습니다. 오늘 이렇게 답답하고 억울하게 누명을 쓰다니요! 제가 전생에 지은 죄가 그리 많았습니까? 우리 어머니는 어찌 먼저 세상을 떠나 딸자식에게 이리 큰 슬픔을 남긴단 말입니까. 간악한 이의 모함 때문에 불에 닿은 나비가 죽듯 죽는 것이 슬프기보다 원통한 누명, 씻을 길이 없으니 슬픕니다. 외로운 내 동생 홍련은 이제 어찌 된단 말입니까!"

슬픔과 울분을 견디지 못한 장화는 한순간에 기절했다. 아무리 돌덩이나 나무토막같이 마음이 굳은 사람일지라도 서러워하지 않을 수 없는 광경이었건만, 헤아릴 수 없이 못되고 무정한 장쇠는 아무 일 없다는 듯, 꼿꼿하게 서서는 장화에게 어서 연못으로 들어가라고 재촉할 뿐이었다.

"사람이라곤 찾아볼 길 없는 산속에서 밤마저 이미 깊었는데, 이러나저러나 죽을 인생이 웬 발악이오? 어서 물속에나 들어가!"

장쇠의 말에 장화는 도리어 정신이 드는 것 같았다. 장화는 목소리를 가다듬었다.

"장쇠야, 내 말 좀 들으렴. 너와 나 비록 어머니는 다르지만 한아버지 밑에서 나지 않았니. 우리가 잠깐이라도 형제로서 우애를 나누고 지낸 정을 생각해다오. 나는 이제 영영 돌아오지 못할 곳으로 갈 사람이다. 이런 목숨, 조금이라도 가련히 여겨 잠시 말미를 다오. 외삼촌 댁에도 가고, 돌아가신 어머니께 성묘하고 마지막 인사라도 여쭈고 싶다. 이렇게 해서 홀로 남은 내 동생 홍련의 앞날도 챙기고 싶다. 내가 살겠다고 애원하는 게 아니야. 변명해 보아야 새어머니 잘못된 마음이나 드러내는 셈이 될 테고, 살겠다고 끝까지 버티면 아버지 명을 거스르는 셈이 될 테지. 아버지 분부를 따르겠지만…… 부탁이다, 잠깐만 말미를 다오. 외삼촌 뵙고, 성묘한 다음에 정녕 내 스스로 목숨을 버리마."

그 애원이 처절하기 이를 데 없었으나 장쇠에게는 조금도 측은한 마음이 생기지 않았다. 그저 얼른 연못에 들어가라는 재촉만이 더욱 심해졌다.

장화는 말로는 이루 다 표현할 수 없는 서러움에 다시 하늘을 우러러 울부짖었다.

"어디든 빛을 비출 수 있는 하늘이시여, 이 억울한 사정을 살피소서! 제 팔자가 이상할 정도로 사납고 복이 없나 봅니다. 나이 일곱 살에 어미를 여의고, 남은 자매끼리 서로 의지하여 사는 동안, 서산에 해 질 때와 동녘에 달 돋을 때면 마음속 깊은 데서 슬픔이 솟았습니다. 뒤뜰에 피는 꽃과 섬돌에 나는 풀만 보아도 서러움을 느껴 눈물이 비 오듯 했습니다. 그렇게 세월이 흘러 계모를 얻었습니다만, 계모의 성품은 헤아릴 수 없을 만큼 흉악했습니다. 그 구박은 심하고 또 심했습니다. 서럽고 슬픈 마음 이기지 못하면서도, 날 밝으면 아버지를 따르고 해

지면 돌아가신 어머니를 생각하면서, 자매끼리 서로 손을 잡고 기나긴 여름날과 적막한 가을밤을 한숨을 쉬면서라도 견뎌 왔습니다. 그러나 결국 흉악하고 악독하기 그지없는 계모의 손아귀를 벗어나지 못하고 오늘 이 물에 빠져 죽습니다. 이 억울함을 하늘이시여, 땅이시여, 햇님과 달님이시여, 저 하늘의 별님들이시여, 그 누구든 바로잡아 주소서. 홀로 남은 홍련의 일생을 불쌍히 여기시어 저와 같은 일이 없도록 해 주시옵소서!"

장화는 장쇠를 돌아보았다.

"나는 이제 누명을 쓰고 죽는다. 저 외로운 홍련만큼은 불쌍히 여기길 바란다. 너는 동생들한테 잘하고, 부모님께 효도하고, 길이 네 삶을 잘 살아 가기 바란다."

그러고는 왼손으로 치마를 걷어잡고 오른손으로 신을 벗어 들었다. 신을 못가에 놓고는 한 번 발을 굴렀다. 눈물이 비 오듯 눈앞을 흐렸다. 장화는 오던 길을 향해 소리를 질렀다.

"불쌍하구나, 홍련아! 저 집 안 깊은 곳에, 쓸쓸한 처녀의 처소에 너 홀로 남는구나. 가엾은 네가 누구를 의지하고 살아간단 말이냐. 너를 두고 죽는 나는 속이 다 녹는 것만 같다!"

말을 마치고 무심한 연못에 몸을 던져 뛰어드니 이처럼 애

달폴 수 있을까. 순간 연못에서 물결이 일었다. 물결이 하늘에 닿으며 찬바람이 일어났다. 달빛도 갑자기 빛을 잃었다. 그러 더니 산속에서 호랑이 한 마리가 달려 나오고, 하늘에서 큰소 리가 울려 나왔다.

"장쇠 네 이놈! 네 어미가 무도하게도 제 자식을 모함하여 억울한 죽음을 만드는 판인데 어찌 하늘이 모른척 하겠느냐!"

호랑이는 장쇠에게 달려들어 두 귀와 한 팔, 한 다리를 떼어 먹고 온데간데없이 사라졌다. 장쇠는 바로 기절해 땅에 거꾸러 지고, 장화가 타고 온 말은 크게 놀라서 집으로 돌아갔다.

밤이 깊도록 장쇠가 오지 않자 허씨는 걱정이 되었다. 그때 갑자기 장화가 타고 간 말이 소리를 내지르며 달려 돌아왔다. 허씨는 장쇠가 일을 마치고 말을 달려 돌아오나 했다. 하지만 말은 온몸에 땀을 흘리고 들어오는데 말에 탄 사람은 없었다. 허씨는 크게 놀라 하인을 시켜 불을 밝히고 말발굽 자국을 더 듬어 가게 했다.

사람들이 이윽고 깊은 산속에 이르러 땅바닥에 거꾸러진 장 쇠를 찾아냈다. 깜짝 놀라 살펴보니 장쇠의 한 팔, 한 다리, 두 귀가 무엇엔가 뜯겨 나갔고, 피를 흘리며 정신을 차리지 못하는 판이었다.

모두가 어찌할 바를 모르고 있는데, 문득 향내가 진동하며 찬바람이 우수수 불어오므로 괴이하게 여겨 사방을 둘러보았다. 향내는 못 한가운데서부터 번져 나오고 있었다. 그러나 저 깊은 물속에 억울한 주검이 잠들어 있음은 그 누구도 생각지 못했다.

사람들이 장쇠를 구해 돌아오니, 허씨가 놀라 약을 먹이고 상한 곳을 동여맸다. 장쇠는 그제야 비로소 정신을 차렸다. 허씨가 크게 기뻐하며 그간 벌어진 일에 대해 묻자 장쇠는 지난밤 벌어진 일을 자세히 말했다. 장쇠의 말을 들은 허씨는 장화에게 더욱 원한이 맺혔다. 이제는 밤낮없이 홍련을 없앨 궁리를 할 뿐이었다.

가부장권의 상속자, 장쇠의 선택

끔찍한 일이 벌어졌습니다. 처음 일을 꾸민 사람은 허씨이고, 이내 공범이 되어 사건을 주도한 또 한 사람의 당사자가 배무룡입니다. 부모의 명을 받아 직접 입에 담지 못할 짓을 실행한 사람은 배무룡과 허씨 사이에서 난 이 집의 큰아들 장쇠입니다.

여기서 생각해 볼 점이 하나 더 있습니다. 장쇠는 물론 엄마 말을 잘 듣는 아들입니다. 그리고 아버지의 명령을 충실히 수행하는 인물입니다. 그냥 시키는 대로 합니다. 이 점을 당시 독자들은 어떻게 받아들였을까요. 선뜻 수긍했다기보다, 상황의 개연성을 이해했다고 봐야 할 겁니다.

먼저 실제 살인 사건이 일어난 때, 소설 『장화홍련전』이 태어난 때가 '가부장제 사회'임을 짚어 봐야겠습니다.

가부장제란 "가부장이 가족에 대한 지배권을 행사하는 가족 형태. 또는 그런 지배 형태"를 말합니다. 가부장이란 봉건 사회에서 가정의 모든 권력을 쥔 사람을 말합니다. 봉건 사회의 아버지는 곧 가부장이지요.

봉건 사회는 사람과 사람이 주종 관계를 맺고 있습니다. 어떤 인간관계든 왕 아래 신하, 주인 아래 노비, 지주 아래 소작농 하는 식의 짜임새로 이루어져 있습니다. 가정에서는 가부장 아래 다른 가족 구성원이라는 짜임새를 보이지요. 이때 가부장이 가족에 대한 지배권을 행사한다는 것은 가부장의 발언이 가정을 움직인다는 뜻입니다.

장화와 홍련은 배무룡이 애지중지할 때만 이 집안의 보배입니다. 그러나 배무룡의 마음이 떠난 이상 언제든 버려질 수 있습니다.

장쇠는 이 집안의 장남입니다. 나중에 배무룡의 뒤를 이어 가부장이 될 사람입니다. 엄마 말 잘 듣는 것은 둘째 치고, 지금 가부장 배무룡의 말을 잘 듣는 것은 앞으로 가부장의 권력을 누리기 위한 준비일 수도 있습니다.

새야
새야
파랑새야

우리 언니 잠들어 계신 곳으로

홍련은 아무것도 모르고 방 안에 있다가 하도 소란하기에 밖으로 나와 새어머니에게 무슨 일인지 물었다. 허씨는 홍련을 쏘아보며 대답했다.

"장쇠가 요사스런 네 언니를 데리고 가다가 밤길에 호랑이의 습격을 받았다. 아주 큰일이 났단 말이다!"

홍련이 다시 사연을 물으니 허씨는 더욱 눈을 사납게 흘기며 쏘아붙이고는 자리를 박차고 일어났다.

"너까지 요사스럽게 굴며 말이 많으냐!"

이렇듯 함부로 하는 말을 듣고 험한 꼴을 당한 홍련은 가슴이 터지는 듯하고 온몸이 부들부들 떨렸다. 홍련은 곧바로 제 방으로 돌아와 언니를 부르며 울다가 잠이 들었다.

잠에 들었는지 아닌지, 꿈속인지 어딘지 모르는데 언니의 모습이 보이는 게 아닌가. 어느 연못 속에서 장화가 황룡을 타고 나와 먼 북쪽 바다를 향해 가니, 홍련이 내달아 뒤를 쫓으며 언니를 불렀다.

"언니! 장화 언니!"

그러나 장화는 본 체도 하지 않았다.

"나를 본 체도 않고 혼자 어디 가요!"

장화는 그제야 홍련을 돌아보았다.

"이제 내가 속한 세계와 네가 속한 세계가 다르단다. 나는 옥황상제께 명을 받아 약초를 캐러 가는 길이다. 오갈 길이 바쁘기에 그간 있었던 일을 이야기할 틈조차 없구나. 무정하다고 나를 원망하지 마라. 때를 보아 너를 데려갈게."

짤막한 대화를 마칠 즈음 장화가 탄 용이 소리를 질렀다.

문득 홍련이 잠에서 깨니, 너무나도 생생한 꿈이었다. 온몸이 서늘해지고 땀은 자꾸 나고 정신이 아득한 가운데 홍련은 아버지를 찾아가 이 꿈 이야기를 꺼내며 그동안 무슨 일이 있었는지 알아보려 했다.

"아버지, 오늘 제 마음은 무엇을 잃은 듯 까닭 없이 슬픕니다. 뭔가 좋지 않은 예감이 온몸에 가득합니다. 장화 언니가 길을 가다가 틀림없이 무슨 일을 당하지 않았을까요. 무슨 일이

나도 났을 겁니다."

홍련은 말끝에 정신없이 울음이 터졌다.

배무룡은 홍련의 말을 듣다가 숨통이 꽉 막히는 것 같았다. 한마디 말도 못 하고 홍련을 대하다 자기도 모르게 다만 눈물 흘렸다. 그러자 다시 허씨가 나서서 왈칵 화를 냈다. 그러고는 홍련을 마구 밀어냈다.

"어린 녀석이 무슨 말을 해서 어른의 마음을 이렇게 아프게 한단 말이냐!"

홍련이 울다 밀려나며 생각했다.

'내 꿈을 여쭈니 아버지는 슬퍼하시며 아무 말 못 하셨지. 계모는 낯빛이 바뀌었지. 게다가 나를 이렇게 몰아내다니, 반드시 무슨 까닭이 있다!'

하지만 무슨 일이 있었는지 알 길은 없었다.

하루는 허씨가 집 밖으로 나가고 없는 틈을 타 홍련이 장쇠를 불러냈다. 살살 달래 언니한테 무슨 일이 일어났는지, 도대체 지금 어디 있는지를 캐물으니 장쇠의 입이 차차 열렸다. 이미 하늘이 내린 벌을 받은 장쇠는 더 이상은 사실을 숨기지 못했다. 장쇠는 장화에게 일어난 모든 일을 거짓 없이 말했다. 그제야 언니 장화의 억울한 죽음을 알게 된 홍련은 깜짝 놀라 기절했다가 겨우 정신을 차렸다.

"아아, 불쌍한 우리 언니! 차마 상상도 못할 일을 당하다니. 자상하기 이를 데 없던 우리 언니, 꽃다운 청춘에 차마 입에 올릴 수도 없는 누명을 쓰고 물속에 몸을 던져 죽다니. 천만년 지나도 풀릴 수 없는 원한 품은 채 억울한 넋이 되었으니 뼈에 아로새긴 이 원한을 어떻게 푼단 말인가. 우리 언니, 정녕 아니 오시려나. 가련한 이 동생, 쓸쓸한 방에 외로이 남겨 두고 어디 갔단 말인가. 저세상에 가서도 이 동생이 그리워 피눈물을 흘리고 애간장이 다 녹았을 테지. 예부터 지금까지 천년만년 사이에 이렇게 억울하고 원통한 일이 또 어디 있을까. 하늘이시여, 살펴주소서! 저는 세 살에 어미를 잃고 지금까지 언니를 의지해 살았습니다. 모진 목숨 외로이 남은 까닭은 제게 죄가 많기 때문인가요? 홀로 지내다 이런 변을 또 당하느니, 언니를 따라 저세상으로 가 더러운 꼴을 더 이상은 보지 않고 싶습니다. 차라리 일찍 죽고 싶습니다. 외로운 넋이 된다고 해도 언니를 따라가렵니다."

눈물이 비 오듯 쏟아지며 정신이 아득했다. 그러나 아무리 언니가 죽은 곳을 찾아가고 싶어도 집 밖으로 나가 본 적 없는 양반가 처녀가 어디를 간단 말인가. 문밖 어디를 알고 길을 잡아 언니를 찾아갈까. 홍련은 잠자리에 들지 못했다. 아무것도 먹을 수 없었다. 밤낮으로 한숨만 쉬고 지내게 되었다.

그러던 어느 날 파랑새 한 마리가 뒤뜰로 날아들었다. 마침 뒤뜰에는 온갖 꽃이 활짝 피었는데 파랑새는 그 사이를 오락가락했다. 홍련은 문득 마음속으로 헤아렸다.

'비록 미물이라고는 하나 저렇게 나를 부르는 듯하니, 아마도 나를 어디로 데려가려나 보다.'

홍련은 슬픔과 불안이 겹쳐 앉았다 일어섰다 어찌할 바를 몰랐다. 그러다가 다시 파랑새의 자취를 찾으니 파랑새는 간 곳이 없었다. 그 자취를 놓치자 서운한 마음은 비할 데 없었다.

이튿날 다시 날이 밝았다. 홍련은 이번에도 파랑새가 오기를 기다렸으나 끝내 오지 않았다. 홍련은 슬픔을 이기지 못하고 쓰러지듯 몸을 창에 기댔다.

'이제 파랑새가 찾아오지 않더라도 언니가 잠든 곳을 찾아 나갈 테야. 아버지께 여쭈면 못 가게 하시겠지.'

홍련은 종이를 펼쳐 아버지께 남기는 마지막 글을 썼다.

슬프고 또 슬픕니다. 일찍이 어머니를 잃고 자매가 서로 의지하여 살아왔습니다. 그러던 중 천만뜻밖에 언니가 다른 사람이 만든 상상도 할 수 없는 끔찍한 덫에 걸려들었습니다. 언니는 죄 없이 몹쓸 누명을 쓰고 마침내 원혼이 되었습니다. 어찌 슬프지 않으며 원통하지 않겠습니까!

　　이제 가련한 언니를 쫓아갑니다. 지금 이후로는 아버지를 다시 뵙지 못할 것이며 음성조차 들을 길이 없을 것입니다. 생각하면 할수록 눈물이 앞을 가리고 가슴이 멥니다. 바라건대 아버지께서는 못난 딸자식, 다시는 생각 마시고 부디 만수무강하십시오.

새벽이었다. 달빛은 온 뜰에 가득하고 맑은 바람이 우수수 서늘하게 불어 왔다. 그때 간데없던 파랑새가 비로소 날아와 나무에 앉았다. 그러더니 홍련을 보고 반갑다는 듯 지저귀었다. 홍련이 문득 깨닫고 말했다.

"우리 언니 잠들어 계신 곳을 가르쳐 주려고 왔구나!"

파랑새가 대답이라도 하듯 다시 지저귀었다.

"그렇다면 앞장서렴. 널 따라갈게."

파랑새는 다시 대답하듯 고개를 까닥였다.

홍련이 일어서며 말했다.

"잠깐만 기다리렴. 우리 같이 가자."

홍련은 써 둔 유서를 방 안 벽에 붙이고 방문을 나섰다.

"가련한 내 신세! 이 집을 나가면 언제 다시 돌아올까!"

홍련은 앞장선 파랑새를 쫓아 무작정 걸었다.

몇 리나 걸었을까? 동쪽 하늘이 점점 밝아 오는데 깊은 산속에 키 큰 나무가 빽빽하고 구슬픈 새 울음소리가 들렸다. 이때 한참을 앞장서 날던 파랑새가 한 연못가에서 뱅뱅 맴돌며 더

나아가지 않았다. 이에 홍련이 좌우를 살펴보니, 물 위로 오색 구름이 자욱한데, 슬픈 울음소리와 함께 홍련을 부르는 소리가 들렸다.

"애야, 네게 무슨 죄가 있다고 천금같이 귀한 목숨을 속절없이 이곳에 버리려고 하느냐. 사람이 한 번 죽으면 다시 살지 못한단다. 불쌍한 내 아우, 홍련아. 세상일은 앞길을 쉬이 헤아리기 어렵다. 이런 나쁜 일일랑 다시는 생각지 말고 어서 돌아가렴. 돌아가 부모님께 효도하고 어질고 좋은 짝을 만나 아들 딸을 낳아 기르며 돌아가신 어머님 넋을 위로하도록 해라."

홍련은 장화의 목소리를 금세 알아차리고 소리 질러 대답했다.

"언니는 전생에 무슨 죄를 지었나요? 언니는 왜 나를 남겨두고 여기 와 외로이 있나요? 나는 언니를 버리고 혼자 살 수가 없어요. 언니랑 같이 있을래요!"

홍련도 진정하지 못했지만 하늘에서도 울음소리가 그치지 않았다. 홍련은 더욱 서러워 정신을 차리기 어려웠다. 이윽고 간신히 마음을 추스르고는 다시 하늘에 빌었다.

"하늘이시여, 얼음처럼 옥처럼 맑고 깨끗하게 살아온 우리 언니가 천년만년 지나도 풀 길 없는 몹쓸 누명을 쓰고 죽었습니다. 제발 이 억울함을 깨끗이 풀어 주십시오. 천지신명은 제게 맺힌 이 원한을 풀어 주십시오. 부디 굽어살펴 주십시오!"

이때 홍련의 귀에 누군가 제 이름을 부르는 소리가 애절하게 들리는 듯했다. 모르는 사이에 홍련은 치마를 휘감아 잡았다. 누가 잡아끄는지 제가 뛰어드는지 모를 사이에 홍련의 몸은 물속으로 뛰어들고 말았다. 순간 해가 잠시 빛을 잃었다.

그 후로 연못에는 자욱한 안개가 꼈다. 안개 속에서는 울음소리가 밤낮없이 울렸다. 울음소리 사이로는 자매가 계모의 모함을 받은 끝에 억울하게 숨진 사연도 울려 퍼졌다. 그러나 이곳을 찾아오는 사람은 드물었다. 자매의 사연은 옛날이야기나 다름없는 소문으로 퍼지긴 했지만, 이 사건을 관아에 전하는 고을 사람도, 소문만 듣고 조사를 시작할 벼슬아치도 없었다.

죽음 또는 희망, 파랑새가 보낸 두 가지 신호

새야 새야 파랑새야 녹두밭에 앉지 마라

녹두꽃이 떨어지면 청포 장수 울고 간다

갑오농민전쟁 당시 널리 불렸다는 민요입니다. 홍련이 파랑새를 따라 언니 장화가 잠들어 있는 곳으로 가는 동안, 저는 이 노래를 흥얼거렸습니다.

'파랑새'는 한국 민중 문학의 갈래 여기저기에 등장합니다. 녹두밭에서는 구슬픈 노래를 지어내고, 홍련한테는 저승길의 안내자가 되는군요?

죽으러 가는 길을 안내한 파랑새가 뭐 그리 대단하냐고요? 아니죠. 홍련은 여기서 그냥 끝판, 마지막의 죽음을 맞은 게 아닙니다.

방 안에 혼자 남은 홍련은 언니의 운명이 어찌 됐는지 모릅니다. 홍련은 가부장 배무룡이 지배하는 울타리 안에 있습니다. 제 방 밖에 있는 배무룡, 허씨, 장쇠 모두가 언제 자신에게 해코지할지 모를 범죄자들입니다. 그렇기에 홍련은 실제로는 방에 갇혀 있다고 보아야 합니다. 홍련이 밖으로 나가 언니의 안부를 알아보는 순간, 배무룡 집안에서 일어난 범죄가 세상에 드러납니다.

언니의 소식도 알 수 없고, 불안감을 호소할 수도 없는 막힌 공간. 일단은 여길 빠져나가야 그 다음을 기약할 수 있습니다.

홍련은 물에 빠지지만, 배무룡과 그 하수인들의 손아귀를 벗어나 일단 언니와 다시 만납니다. 이제 자매의 억울함을 세상에 호소할 여지가 생겼습니다. 그 길로 이끈 파랑새는 그저 저승길의 안내자가 아닙니다. 자매의 만남, 자매의 누명 벗기를 암시하는 존재입니다.

파랑새의 또 다른 심상을 볼까요?

    강원도 양양에 자리한 유서 깊은 절 낙산사 일대에도 파랑새 전설이 전해 옵니다. 오랜 옛날 신라 문무왕 때 일입니다. 의상대사가 오늘날의 낙산사로 접어드는 산길을 걷다가 새 한 마리를 발견합니다. 이상한 느낌에 새를 쫓아가자 새는 바닷가 석굴로 쏙 들어가더래요. 이에 의상대사가 석굴 앞 바닷가 반석에서 정성을 다해 기도를 드리니 이레 만에 바다에서 관세음보살이 나타났다고 해요. 이에 감동한 의상대사가 낙산사를 창건하게 됐고요.

    알려 주는 파랑새, 길잡이 노릇을 하는 파랑새, 조짐을 보이는 파랑새. 『장화홍련전』 속 파랑새도 이런 상징을 쥐고 있군요.

새
철산 부사
정동우

사람이 하는 소리인거
귀신이 하는 소리인거
알 수 없는 그 말

장화와 홍련의 원혼은 물속에서나마 억울한 사연을 목 놓아 외쳤다. 그러나 사연을 들어주는 사람은 아무도 없었다.

자매의 한은 이승에서 저승까지 뻗치는 듯했다. 자매의 원혼은 이 억울함을 깨끗이 씻기 위해, 철산의 으뜸 벼슬아치인 철산 부사를 찾아가기로 했다.

그러나 일은 늘 어긋났다. 자매가 부사 앞에 나서면 부사는 놀라 자빠져 숨졌다. 자매는 더 이상 이 세상 사람이 아니라 원한에 사무쳐 떠도는 귀신이었으니.

이러다 보니 철산 부사로 온 사람은 부임한 이튿날이면 죽어 나갔다. 그 뒤로 철산에는 부사로 오겠다는 벼슬아치가 아무도 없었다. 이러다 보니 철산부는 흉흉한 곳으로 좋지 않은 소문이 나고 온 고을이 활기를 잃었다. 게다가 흉년마저 이어지면서 많은 고을 사람이 굶어 죽고 사방으로 흩어졌다. 아예 철산이란 고을이 없어질 지경이 된 것이다.

평안도에서는 서울에 있는 임금에게 이 일을 여러 번 아뢰었다. 임금이 크게 근심하여 조정에서 회의를 열었지만 뾰족한 수가 없었다.

이러는 판에 정동우라는 사람이 부사로 가기를 자원하였다. 정동우는 성품이 굳세고 헌걸찬 무인 출신이었다. 임금은 즉시 그를 불러들여 철산 부사로 임명했다.

"철산읍에 이상한 일이 잇달아 일어나고, 거의 고을이 망할 지경이 되었다고 한다. 내가 염려하던 중에 경이 자원하니 참으로 다행이다. 경의 뜻은 칭찬할 만하지만 이번에도 근심하지 않을 수 없다. 조심하고 또 조심하여 백성을 돌보라."

정동우는 벼슬을 받은 즉시 철산으로 떠났다. 철산에 도착해서는 바로 아전을 불러 그동안 있었던 일을 자세히 물었다.

"내 들으니, 철산에 온 부사마다 부임한 다음 날 죽었다는데 과연 사실이 그렇단 말이냐?"

아전이 대답했다.

"아뢰기 황송하오나 5~6년 이래로 오시는 부사마다 이튿날 돌아가시는데, 아마도 밤사이에 숨졌음이 분명합니다."

부사는 다시 이것저것을 묻고 듣고 분부했다.

"너희들은 밤에 불을 끄지 마라. 밤새 조용히 동정을 살펴라."

아전은 알았다며 물러났다. 새 철산 부사 정동우는 제 방에 가서 촛불을 밝히고 책을 읽으며 밤을 샐 준비를 했다.

깊은 밤, 한참 책을 읽는데 갑자기 찬바람이 일더니 촛불이 꺼졌다.

"아무도 없느냐!"

정동우는 함께 관아에서 밤을 새기로 한 아전과 심부름꾼을 불렀다. 그러나 아무도 대답하는 이가 없었다. 정동우가 당황해 허둥대는 사이 난데없이 한 어여쁜 여인이 화려한 옷을 갖추어 입고는 나타나 불쑥 절부터 올렸다. 정동우는 정신을 가다듬고 물었다.

"너는 누구냐. 어찌 이 깊은 밤 관아에 들어왔느냐?"

미인은 예의를 차려 다시 절하며 말문을 열었다.

"저는 이 고을 철산에서 좌수를 지낸 배무룡의 딸 홍련입니다. 제 언니 장화가 일곱 살 되던 해, 제가 세 살 되던 해, 저희 자매는 어미를 여의었습니다. 자매는 오로지 아비를 의지하여 살아갔는데, 아비가 후처 허씨를 얻어 재혼했습니다. 허씨

는 성품이 사납고 시기심이 많은 사람이었습니다. 집안에 들어온 허씨는 바로 아들을 셋이나 낳았습니다. 아들을 본 아비는 허씨에게 넘어가 허씨가 자매를 헐뜯고 모함하는 소리에 점점 속게 되었습니다. 그러다 거짓 모함을 참말로 믿게 되었습니다. 허씨는 나날이 자매를 심하게 구박했지만, 우리 자매는 그래도 어미라고 계모를 극진히 섬겼습니다. 그러나 계모의 구박과 시기와 모함은 날로 심해졌습니다."

정동우는 어느새 사람이 하는 소리인지 귀신이 하는 소리인지 알 수 없는 그 말에 귀를 기울이고 있었다.

"여기에는 다른 까닭이 없습니다. 본디 제 친모의 재산이 많아 노비가 수백이요, 논밭에서는 해마다 곡식 천여 섬을 거두었습니다. 금은보화는 수레에 싣고 말질을 해 헤아릴 정도로 많았습니다. 이 재산을 우리 자매가 시집갈 때 가져가지 못하도록, 허씨 혼자 다 가질 생각으로 우리 자매를 죽인 것입니다. 허씨가 그 재물을 누구에게 주겠습니까. 제가 낳은 아들자식에게 챙겨 주려는 속셈이지요. 허씨는 밤낮으로 우리 자매를 해치려 들었습니다. 그리하여 몸소 흉계를 짜 큰 쥐의 털을 뽑고 피를 많이 발라 낙태한 핏덩이 모양을 꾸며 낸 뒤, 언니 장화의 이불 밑에 넣고 억울한 죄를 뒤집어씌운 것입니다. 그 뒤에 언니를 외삼촌 집으로 보낸다 하고는, 아들 장쇠를 시켜 데려다 주는 체하다가 연못에 빠뜨려 죽게 했습니다."

정동우는 저도 모르게 한숨을 쉬었다. 홍련의 넋은 말을 이었다.

"저는 장쇠로부터 이 일에 관해 듣고는 억울하고 원통했습니다. 저는 허씨 아래서 구차하게 살다가 또 어떤 흉계에 빠질까 두려워 마침내 언니가 빠져 죽은 연못을 찾아가 거기 뛰어들었습니다. 죽음은 서럽지 않습니다. 이 말로 표현할 수 없는 더러운 누명을 씻을 길이 없기에 원통할 뿐입니다. 철산에 새로 부사가 오실 때마다 자매의 원통한 사정을 아뢰고자 했습니다만, 모두 놀라 죽으니 뼈에 맺힌 원한을 아직도 풀지 못하고 있습니다. 이제 천만다행으로, 이렇게 훌륭한 부사를 뵙고 감히 원통한 사연을 아룁니다. 부사께서는 자매의 슬픈 혼백을 불쌍히 여겨 주십시오. 천년이 되어도 풀 길 없는 억울함을 풀어 주십시오. 제발 우리 언니 장화의 누명을 벗겨 주십시오!"

홍련의 넋은 억울함을 호소한 뒤 인사까지 다시 올리고 부사의 방을 떠났다. 정동우는 괴이한 일과 끔찍한 사연 앞에서 놀라움을 느낄 뿐이었다.

"이런 일 때문에 고을이 망할 뻔했구나……."

이튿날 아침, 정동우는 아전을 불렀다. 아전들은 깜짝 놀랐다. 이번에도 송장을 치울 준비를 하고 있었는데 새 부사가 쩌렁쩌렁 목소리를 울리며 자신들을 찾는 게 아닌가.

"이놈들, 밤사이 내가 찾을 때 어디에들 있었느냐!"

아전들은 벌을 받을까 두려워 벌벌 떨며 대답했다.

"저희도 밤새 관아를 지켰지만 부사께서 부르는 소리는 듣지 못했습니다."

정동우는 귀신의 조화에 그럴 수 있다고 여겨 아전을 더 꾸짖지 않았다. 그보다는 당장 사건을 캐기 시작했다.

"이 고을 철산에 좌수를 지낸 배무룡이라는 사람이 있느냐?"

"네, 있습니다."

"혼인은 몇 번이나 했고, 자식이 몇이나 있느냐?"

"전처소생 두 딸은 일찍 죽었습니다. 후처소생 아들만 셋 두고 살고 있습니다."

"두 딸은 언제 어떻게 죽었느냐?"

"양반가 이야기를 자세히는 알지 못합니다. 다만 대강 소문에, 큰딸이 무슨 죄가 있어 연못에 빠져 죽은 뒤 동생은 평소 우애가 두텁던 언니의 죽음을 애통히 여겨 밤낮으로 울며 슬퍼했다고 합니다. 그러다 결국 그 슬픔을 이기지 못해 언니가 빠진 연못에 또한 빠져 죽었다는 소문은 들었습니다."

정동우는 다시 물었다.

"그게 다란 말이냐?"

"자매가 빠져 죽었다는 연못가에서 억울함을 호소하는 소리가 들린다고도 합니다. 그중에는 자매가 계모의 모함을 받아 누명을 쓰고 죽었다는 말이 있었다고도 합니다. 이는 그저 소문일 뿐 관아에서 조사한 적은 없습니다."

정동우는 무릎을 탁 쳤다. 그러고는 바로 분부를 내렸다.

"배무룡과 허씨를 잡아들여라!"

관아에서 나간 사람들은 삽시간에 배무룡과 허씨를 잡아들였다. 부사는 지체 없이 배무룡을 심문하기 시작했다.

"전처 사이에서 딸 둘, 후처 사이에서 아들 셋을 두었다는데 사실인가?"

"그러하옵니다."

"다 살아 있는가?"

"두 딸은 병들어 죽고, 세 아들만 남아 있습니다."

"두 딸이 무슨 병으로 죽었는지 바른 대로 대면 죽기는 면할 것이다. 만약 내게 거짓말을 하면 법에 따라 매를 맞아 죽을 수도 있다!"

배무룡은 얼굴이 흙빛으로 변했다. 겁을 먹어 아무 말도 할 수 없었다. 반대로 허씨는 침착했다. 허씨는 새로 온 부사 앞에서 흔들림 없이 거짓말을 이어 갔다.

"이미 알고 물으시는데, 어찌 털끝만큼이라도 임금의 명을 받고 온 수령을 속일 수 있겠습니까. 집안에는 전처소생의 두 딸이 있었습니다. 큰딸은 자라더니 행실이 바르지 못하여 임신했다가 이런 망측한 사실이 양반가 밖으로 새어 나갈 판이 되었습니다. 그러므로 집안 누구도 모르게 약을 먹여 낙태시켰지만 남들은 이런 사정은 모르고 계모가 큰딸을 모함하며 산다고들 하는 눈치였습니다. 저는 큰딸 장화를 불러 훈계했습니다. '네 죄는 죽어 마땅한 죄다. 하지만 너를 죽이면 남들은 내가 전처소생을 모함한다고 하겠지? 이번 죄는 내가 눈감아 주마. 그러나 앞으로 다시는 이런 난잡한 행실을 말고 마음을 닦아라. 만일 남이 알면 우리 집안을 뭐라고 하겠니. 양반 체면에 무슨 면목으로 다른 사람들을 대하겠느냐?' 하고 알아듣도록 꾸중하였습니다. 그랬더니 장화도 제가 지은 죄를 알고 부모 대하기를 부끄러워하다가, 저 스스로 밤에 집을 나가 연못에 몸을 던져 죽었습니다. 동생 홍련 또한 제 형의 행실에 물든지라 밤에 집을 나간 지 몇 해가 되었건만 어디로 갔는지 알 수조차 없습니다. 양반가 자식이 난잡한 행실을 하다가 도리마저 저버리고 집을 나갔는데 어찌 다시 집안에 돌아오겠습니까?"

부사가 듣고 있다가 허씨에게 말했다.

"네 말대로라면, 낙태의 증거를 가져오라."

허씨는 다시 한 번 빈틈없이 대답했다.

"저는 자매의 친어머니가 아닙니다. 언젠가는 이런 억울한 일을 당할 줄 알고 있었습니다. 스스로 목숨을 끊은 장화가 낙태한 증거물을 보관하고 살았는데, 이번에 관아로 끌려오면서 가지고 왔습니다."

허씨는 품속에서 즉시 무언가를 꺼냈다. 정동우가 살펴보니 갈데없는 낙태한 핏덩이였다. 말과 증거물 사이에 어긋남이 없었다.

"조사에 부족한 점이 있으니 일단은 물러가 있으라."

쾌걸 정동우의 실제 모델,
전동흘

드디어 사건의 진실을 파헤쳐 자매의 억울함을 풀어 줄 인물이 등장했습니다. 실제 사건에서 소설 속 전동우와 같은 역할을 한 사람은 누구라고 했지요?

네, 전동흘全東屹입니다.

전동흘에 관한 기록은 조선 시대에 나라에서 편찬해 남긴 공식 기록인 『조선왕조실록』, 『비변사등록』, 『승정원일기』 등에 보입니다. 또한 『호남읍지』 곳곳에 그 기록이 남아 있습니다.

여기서 잠깐! '읍지邑誌'란 조선 시대 지방 행정구역인 부府·목牧·군

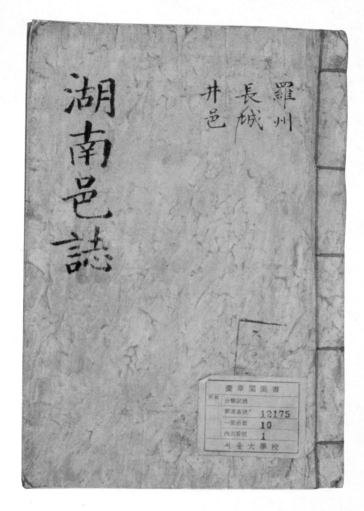

조선 시대에 편찬된 『호남읍지』 표지

暮獅攀叢柱臧刾安　太平亭　錄又肥太手亭上送春輝
衝風激浪湖拜北薄寄篁山堡色微綺席傍
孟演漱戶綠崖南鴈水半扉々灚資李慶全詩墨外形
廄思曲牙旋蒼蒼未時客倚極萬里因防
秋古城遠萬年無名大夫吗洋古陵寒烟積沃
勝地百年無載軸艫潮滿處夜深射明
島古城遠萬年

營擘雄鈞伏波舘　在水營肅度使全史此重劍問
伏波
夾百載未落日滑震遠興長風便結
獅擘雄鈞削拍視處海曲清秋舋角連束業
盃可憐銃削玲雕珠閣晴空宇宙
攝危日逪化切

千重真地所西南萬里通人吧
海蕩泛古英雄半酬移倚欄千曲日咸蒼
況指顧中竺月洒洺海十島風烟接素秋津
唱樓五更呈眠乾坤万里獅

口去來青雀新湖端出牛光没白頭洲與兩敦祈
蘇吳龡更視精射牛光没白頭洲與兩敦祈万里

「호남읍지」에 남아 있는 전동흘 관련 기록

郡·현縣을 단위로 하여 지역에서 편찬한 지리지로서, 지방 지리에 관한 상세한 정보를 시시콜콜 담고 있는 귀중한 기록물입니다.

이제 나라의 기록과 지역의 기록을 참고해 전동흘의 일생을 재구성해 보겠습니다.

전동흘의 본관은 천안이며, 1651년 전라도 진안에서 태어났습니다.

1651년 효종 2년에 무과에 급제한 뒤 그 용맹함을 인정받아 송시열의 추천으로 발탁됩니다. 함께 발탁된 이상진·소두산과 함께 '호남 3걸'로 일컬어졌다니 무인으로서의 자질이 대단했던 모양입니다. 더구나 당시는 병자호란의 치욕을 겪은 효종이 청나라와 한번 싸워 보겠다고 장담하던 시기입니다. 그런 시기에 발탁됐으니 출중한 인물임에 틀림없겠지요.

이후 전동흘은 지방의 수령과 중앙의 무관직을 거쳤는데요. 효종 임금이 조선을 다스리던 당시는 유독 가뭄과 기근이 심할 때입니다. 더구나 평안도 철산에서는 나쁜 소식이 잇따르기도 했지요. 이 시기 전동흘은 철산 부사로 임명됩니다.

아쉽게도 철산의 실제 사건을 파헤친 기록은 자세하지 않습니다. 후손

이 편찬한 『가재사실록』의 내용이 거의 전부인데요, 여기 실린 수사 관련 이야기는 사실과 허구가 뒤섞인 뒤의 이야기란 말이죠.

예컨대 『조선왕조실록』을 보면 전동흘이 철산 부사로서 효종을 만난 기록까지는 있어요. 있는데, 무슨 말을 나눴는지는 기록에 없습니다. 안타깝기 그지없습니다.

이 밖에 기록을 보면, 전동흘은 병마절도사·통제사 등 고위 무관직 후보로 꾸준히 이름을 올리고 있으며, 실제로 고위 무관직을 거쳐 수도 서울의 치안 책임자인 포도대장에까지 올랐습니다.

검은 것과
흰 것

옥으로 새긴 듯

꽃으로 거은 듯

그날 밤, 정동우는 잠을 이룰 수 없었다. 배무룡과 허씨를 잡아넣을 확실한 방도가 보이지 않았다. 아무리 궁리해도 일은 풀리지 않았다. 이미 만난 홍련의 넋을 떠올리자 부끄러움도 떠올랐다. 그때였다. 부임하던 날처럼 촛불이 획 꺼지더니 이번에는 두 여인이 불쑥 방 안으로 들어와 절을 올리며 말했다. 장화와 홍련의 넋이었다.

"우리 자매가 천만다행으로 뜻밖에 지혜로운 분을 만나 누명을 깨끗이 벗을 줄로 알았습니다. 부사마저 허씨의 꾀에 속을 줄이야 어찌 알았겠습니까?"

자매는 눈물을 흘리며 말했다.

"부디 해처럼 달처럼 밝은 지혜를 발휘해 주십시오. 우리 자매는 물에 빠져 죽은 뒤 연못가에서 그 억울함을 호소해 왔습니다. 뼈에 사무친 이 원한은 어린애라도 들으면 알 만합니다.

이제 부사께서 저 악독하고 교활한 허씨의 말장난에 가로막혀 일을 처리할 갈피를 잡지 못하다니요."

자매는 실마리를 하나 꺼냈다.

"허씨를 다시 관아로 잡아들이십시오. 그러고는 낙태의 증거물이라고 내놓은 것의 한가운데를 갈라 보십시오. 반드시 일을 해결할 실마리를 잡을 수 있을 것입니다. 우리 자매를 제발 불쌍히 여겨 주십시오. 법을 밝혀 억울함을 풀어 주십시오. 다만 우리 아버지는 용서해 주십시오. 아버지는 본성이 착하면서도 남의 말에 잘 속는 구석이 있는 탓에 저 못된 여자의 교활한 계략에 빠진 것입니다. 검은 것과 흰 것을 가려내지 못할 지경이니 사정을 헤아려 부디 그 죄를 사해 주시기 바랍니다."

말을 마친 자매가 일어나자 문득 푸른 학이 자매의 곁에 내려와 앉았다. 자매는 푸른 학을 타고 정동우 앞에서 사라졌다.

부사는 자매의 말을 듣고는 분명히 자기가 허씨에게 속았음을 깨달았다. 머리끝까지 화가 났다.

정동우는 새벽부터 죄인을 심문할 준비를 했다. 사람들을 불러 모으고 서류를 준비했다. 날이 밝자마자 배무룡과 허씨는 즉시 관아로 다시 잡혀 왔다.

"어제 올린 낙태 증거물을 다시 내놓아라!"

다른 말은 묻지 않았다. 낙태한 핏덩이라 하며 허씨가 내놓은 것을 받아 든 정동우는 아전에게 명했다.

"이것을 갈라 그 속을 뒤집어 보라!"

호령은 엄하고 싸늘하기 그지없었다. 아전은 지체 없이 칼로 한가운데를 갈랐다.

"그 속에 무엇이 들었느냐?"

"쥐…… 쥐똥이 가득합니다!"

심문을 위해 모인 관아 사람 모두가 이것을 보고 허씨가 무슨 짓으로 사람들을 속였는지 깨달았다. 이들은 자매의 죽음이 불쌍하기도 하고, 교활한 범죄자에게 속은 것이 부끄럽기도 하여 자신들도 모르는 사이에 눈물이 나고 탄식이 나왔다.

정동우는 더욱 분노했다. 즉시 배무룡과 허씨에게 큰 칼을 씌우고 호령했다.

"이 교활하고 나쁜 놈들! 네놈들이 다시없을 죄를 짓고도 아무렇지도 않은 듯 교묘하게 말을 꾸며 내 나를 속이려 들다니! 감히 임금의 명을 받들고 부임한 고을의 으뜸 벼슬아치를 속이려 하다니! 이제 또 무슨 말을 꾸며 변명하겠느냐! 네놈들이

나라 법을 가볍게 여기고 사람으로서 하지 못할 짓을 해 아무
죄 없는 자매를 죽였음이 드러났으니 이제 나머지 일을 낱낱
이 고하라!"

배무룡은 죽음을 둘러싼 진실과 자신의 죄상이 드러나자 그
제야 자매 생각이 났다.

"제가 어리석어 저지른 죄의 대가는 부사의 처분에 달렸습
니다. 비록 제가 구석진 고을의 어리석은 백성이라고 하지만
어찌 사리와 체통을 모르겠습니까. 첫 아내 장씨는 그야말로
어질고 바른 부인이었는데 불쌍히 일찍 죽었습니다. 그 뒤로
저는 딸들과 더불어 서로 의지하고 위로하며 세월을 보냈습니
다. 그러나 후사를 돌보지 않을 수 없어 후처 허씨를 얻어 재혼
했으며 아들 셋을 낳았습니다. 이때만 해도 앞으로 무슨 일이
일어날지 어찌 알았겠습니까. 하루는 허씨가 제게 오더니 갑
자기 끔찍한 소리를 털어 놓았습니다. 낯빛을 바꾸며 말하기
를 '영감이 늘상 세상에 없이 귀히 여기는 큰딸 장화가 난잡한
행실을 하다가 낙태하였으니 들어가 살펴보라' 했습니다. 이불
을 들추고 무언가를 꺼내는데 놀라 어두운 눈으로 살피니 과
연 낙태한 것이 확실했습니다. 제 미련함을 전혀 돌아보지 못

하고, 전처의 유언을 던져 버리고, 흉악한 계략에 빠져 딸을 죽인 것이 틀림없으니 그 죄는 만 번을 죽어도 모자랄 것입니다. 만 번이라도 죽여 주십시오."

말을 마친 배무룡이 통곡했다. 정동우는 통곡을 멈추게 했다.

"시끄럽다! 심문은 아직 끝나지 않았다! 무슨 염치로 우는 체를 하느냐! 같이 잡혀 온 여자는 당장 형틀에 묶어라!"

심문은 허씨에게로 옮겨져 계속되었다.

"저희 친정 또한 시집 못잖게 큰 집안이었습니다. 그러나 자꾸만 가세가 기울더니 가지고 있던 재산마저 점점 사라져 갔습니다. 그러던 중에 배무룡이 재혼을 의논하고 또 간청하므로 그 후처가 되기로 했습니다. 그 집안에 가 보니 이미 두 딸이 있었는데 그 행동거지며 용모가 참으로 바르고 예뻤습니다. 그리하여 내 자식같이 키워 이십 대에 이르렀는데, 이때가 되자 자매가 저와 어긋나더니 제가 백 가지 말을 해도 한마디 말도 듣지 않게 됐습니다. 또한 성실치 못한 구석은 많은데다 원망이 심하였습니다. 하루는 제가 자매가 비밀리에 나누는 말을 우연히 엿들었습니다. 그 말을 듣고 보니 과연 제가 늘 염려하던 것처럼, 자매가 저를 못 미더워 하는 소리가 있었습니다. 속

으로 놀랍고 분했지만 아비에게 말하면 반드시 계모가 모함한
다는 소리가 나올 줄로 알았습니다."

허씨는 한숨을 한 번 쉬었다.

"저는 가장을 속이기로 했습니다. 쥐를 잡아 피를 묻혀 장화
의 이불 밑에 넣고, 장화가 낙태한 것으로 꾸몄습니다. 그러고
는 아들 장쇠를 시켜 장화를 연못에 빠져 죽게 했습니다. 장화
의 아우 홍련 또한 화가 제 몸에 미칠까 두려워 밤중에 도망쳐
집안에서 사라진 것입니다. 법대로 해 주십시오. 다만 제 아들
장쇠는 이 일로 천벌을 입어 이미 불구의 몸이 됐습니다. 제발
장쇠만은 사면해 주십시오."

이어 장쇠 등 형제들을 심문하니 모두들 이렇게 말했다.

"저희는 다시 드릴 말씀이 없습니다. 다만 늙은 부모를 대신
하여 죽기를 바랄 뿐입니다."

정동우는 배무룡의 처 허씨와 장쇠 등의 말을 듣고 허씨가
저지른 일을 모두 알게 되었다. 그럴수록 장화와 홍련 자매의
죽음이 원통해 보였다.

"이 사건은 이제까지 없던 일이다. 내가 조정에 보고하지 않
고 처리할 수 있는 일이 아니다."

정동우는 상관인 평안 감사에게 이 일을 보고했다. 감사는 보고를 받고 크게 놀랐다. 감사 또한 임금에게 보고하지 않을 수 없었다. 곧바로 조정에 보고를 올리니 임금은 장화와 홍련 자매의 죽음을 슬퍼하며 명을 내렸다.

"범죄를 저지른 흉악한 허씨의 죄상은 사람으로서는 도저히 생각할 수도 없는 것이다. 허씨는 능지처참하고 그 아들 장쇠는 목을 매 사형에 처해 후일 교훈으로 삼도록 하라. 장화와 홍련 자매의 억울한 사연을 담아 그 넋을 위로하는 비를 세우라. 자매의 아비 배무룡은 석방한다."

서울에서 어명이 내려오자, 감사는 내용을 그대로 철산 부사에게 전달하였다. 정동우는 즉시 절차를 밟아 허씨를 능지처참하여 그 잘린 머리를 사람들에게 보이도록 매달고, 아들 장쇠는 목을 매 사형에 처했다. 배무룡은 엄하게 훈계한 뒤 내보냈다.

정동우는 관아의 인원을 거느리고 자매가 죽어 잠든 연못을 찾아갔다. 바로 연못의 물을 빼고 수색하니, 두 소녀의 시체가 자는 듯이 누워 있었다. 그 얼굴은 조금도 변한 데가 없어 마치 산 사람의 얼굴과 같았다.

정동우는 장례와 매장의 절차를 갖추어 좋은 묏자리에 자매를 묻었다. 그러고는 무덤 앞에 석 자 길이의 비석을 세웠다. 비석에는 다음과 같은 글을 새겼다.

조선 평안도 철산 배무룡의 딸 장화와 홍련의 사건을 잊지 않기 위해 세우다

정동우가 일체의 절차를 엄숙하게 끝마치고 관아로 돌아와 업무를 보다가, 잠시 피곤을 풀고자 자리에 기대 졸고 있는데 문득 사방이 싸늘해지더니 자매가 들어와 절을 올렸다.

"지혜로운 부사를 만나 뼈에 사무친 원한을 풀었습니다. 게다가 그 시신까지 수습해 거두어 주시다니요. 나아가 아비의 죄를 용서하여 주셨으니 그 은혜는 태산이 낮아질 만큼 높고 바다가 얕아질 만큼 깊습니다. 저세상에 가서도 이 은혜를 잊지 않고 반드시 보답하겠습니다. 부사께서는 곧 보다 높은 관직에 오를 것입니다. 두고 보십시오."

말을 마친 자매는 순식간에 사라졌다. 정동우가 놀라 깨어 보니 졸다 꾼 꿈일 뿐이었다. 그런데 꿈을 꾼 이후로 점점 승진

하더니 높은 벼슬인 통제사에 이르렀다. 이것은 장화와 홍련 자매가 저세상에서 정동우를 도운 결과일까?

배무룡은 나라의 처분으로 범죄자 허씨를 능지처참하여 두 딸의 원혼을 위로하였으나 어떤 행복도 느낄 수 없었다. 그저 두 딸의 억울한 죽음을 슬퍼하여 거의 미친 사람이 될 것만 같았다. 배무룡은 할 수만 있다면 다시 한 번 이 세상에서 억울하게 죽은 장화와 홍련 자매를 살려 내 부녀의 의를 맺고 속죄하며 살고 싶었다. 그래야 살아생전에 남은 한을 풀 수 있을 것 같았다. 배무룡의 머릿속에는 온통 이 생각뿐이었다.

그렇게 살아가던 중, 집안일을 돌볼 사람도 필요하고, 앞으로 살아가는 동안 마음 둘 데도 없으므로 어쩔 수 없이 세 번째 재혼을 하게 되었다. 그리하여 나이 열여덟 살에 용모와 재질이 빼어나고 성격 또한 온순하여 숙녀의 면모가 있는 아내 윤씨를 맞아들여 금슬 좋게 살아갔다.

하루는 배무룡이 사랑채에서 두 딸의 모습을 그리며 잠을 이루지 못하고 있는데, 자매가 아름다운 옷을 차려입고 불쑥 나타나더니 절을 올리고 말했다.

"저희 팔자가 기구하여 어머니를 일찍 여의었습니다. 전생의 나쁜 인연 때문인지 모진 계모를 만나 억울한 누명까지 쓰고 아버지 곁을 떠나 억울하고 원통했습니다. 그 한을 이기지 못하여 옥황상제께 아뢰었습니다. 마침내 옥황상제께서 자매의 마음을 헤아려 이르시기를 '너희 사연이 안됐지만 이 또한 너희 팔자다. 누구를 원망하겠느냐. 그러나 너희가 아비와 누려야 할 인간세상의 인연을 다하지 못했으니, 다시 세상에 나가 부녀의 의를 다시 맺어 서로 풀지 못한 원한을 풀어라' 하시더니 물러가라 하셨습니다. 옥황상제께서 무슨 뜻으로 그런 말씀을 하셨는지는 모르겠습니다."

배무룡은 자매의 손을 잡고 반가운 마음을 표하려 했다. 그런데 그 순간 닭 우는 소리가 울렸다. 놀라 깨어 보니, 어디에 취한 듯 몸을 가누기가 어려웠다.

한편 배무룡의 새 아내 윤씨 또한 같은 시기에 꿈을 꾸었다. 꿈속에서 한 선녀를 만났는데, 선녀가 연꽃 두 송이를 주며 말을 건넸다.

"이 꽃은 장화와 홍련이다. 옥황상제께서 억울한 죽음을 불쌍히 여기시어 부인을 통해 이제 다시 이 세상으로 돌려보내노라. 귀하게 키우도록 하라."

윤씨가 정신을 차리고 보니 손에 꽃송이가 쥐어 있는 게 아닌가. 게다가 꽃향기는 방 안에 가득하였다. 윤씨가 크게 놀라 배무룡을 불러 꿈 이야기를 들려주고 물었다.

"도대체 장화와 홍련이 누구입니까?"

배무룡은 이 말을 듣고 꽃을 살펴보았다. 배무룡은 그때까지 윤씨에게 차마 장화와 홍련의 이야기를 해 줄 수가 없었다. 배무룡은 딸의 환생인 듯한 꽃송이를 눈앞에 두고 두 딸을 다시 만난 듯한 마음에 눈물을 흘리고는 윤씨에게 그동안 있었던 이야기를 털어놓았다.

그달부터 윤씨에게 태기가 있었다. 그렇게 열 달에 접어들고 보니 배가 너무나도 불러 오는데 쌍둥이가 틀림없었다.

아이 낳을 즈음, 윤씨가 너무 피곤해 잠깐 누웠는데, 곧 쌍둥이 두 딸을 아무 일 없이 편안히 낳았다. 배무룡이 윤씨를 위로하고 두 아기를 보니, 생김새며 피부며 옥으로 새긴 듯하고 꽃으로 지은 듯 세상에 견줄 데 없이 아름다웠다.

그 인상은 윤씨 손에 들려 있던 연꽃과 같았다. 부부는 이를 기이하게 여겨 쌍둥이의 이름을 다시 각각 장화와 홍련이라 짓고, 손안의 보석처럼 애지중지 키웠다.

세월이 강물같이 흘러 쌍둥이가 네댓 살이 되자, 더욱 남다른 모습을 보이고 부모를 효성으로 받들었다. 열다섯 살에 이르러서는 행실이 더욱 반듯해지고, 재주와 성격 또한 빼어나므로 부부는 어디 비길 데 없는 사랑을 쌍둥이에게 쏟게 되었다.

배우룡은 널리 자매의 혼인 상대를 구하다 평양 사람 이연호의 쌍둥이 형제 이윤필과 이윤석을 찾아냈다. 나이 열여섯에 생김새가 아름답고, 빼어난 교양을 갖추고 있어서 딸 둔 사람들이 모두 탐내 곳곳에서 청혼이 끊이지 않았다. 형제의 부모 또한 며느릿감을 고르느라 골치를 썩이고 있던 참에 배무룡이 혼인을 청하였더니 양가가 바로 합의하여 즉시 혼인을 이루게 되었다.

마침 온 나라가 태평하고 경사가 있는 가운데 과거 시험이 치러졌는데, 윤필과 윤석 형제가 나가 장원급제를 하였다. 임금은 두 형제를 기특하게 여겨 명예로운 관직을 수여했고, 형제는 집으로 돌아와 장화와 홍련 자매와 혼인하였다.

자매는 지극한 효성으로 시부모를 받들고 현명하게 집안을 돌보았다. 세월이 흘러 장화는 이남일녀를 낳았다. 큰아들은 문관으로서 재상이 되었고, 작은아들은 무관으로서 장군이 되었다. 홍련은 아들을 둘 낳았는데 큰아들은 높은 벼슬에 올랐고, 작은아들은 깨끗한 학자가 되어 산속에서 거문고와 서책을 즐겼다.

배무룡이 아흔이 되자, 나라에서 특별히 큰 벼슬을 내렸다. 그는 이렇게 살다 세상을 떠났고, 윤씨 또한 뒤이어 세상을 떠났다.

윤석·윤필 형제와 장화·홍련 자매는 후손을 넉넉하게 두고 행복하게 살았다. 장화와 홍련 자매는 일흔셋 나이로 한날 한시에 죽었다. 윤석과 윤필 형제는 일흔다섯 나이에 세상을 떠났다. 그 자손들 모두 아들딸 많이 두고 행복하게 살았다고 한다.

조선의 명탐정, 정약용

　정동우는 철산에서 흉흉한 일이 거듭되자 나라에서 특별히 임명해 파견한 수령입니다. 철산 부사라고 하면 철산의 모든 행정과 사법 권한을 쥔 우두머리 벼슬아치인데요, 평상시의 부임과는 다르지요. 일단 흉흉한 일을 제대로 조사해 사실을 밝히는 것이 긴급한 임무입니다. 그러니까 특별 수사 임무를 맡은 수령이라 해야겠지요.

　그러면 정동우에 앞서 나간 수령들은 도대체 뭘 했단 말입니까. 공자 왈 맹자 왈이나 했지 형사사건수사·법의학훈련·재판경험 들이 부족한 양반 출신 벼슬아치가 철산과 같은 곳에 가 봐야 하고 말고 할 일 자체가 없었겠지요. 뭘 알아야 수사도 하지요. 훈련이 돼 있어야 범죄자의 교활한

변명 속에서도 허점을 잡아내지요.

정동우에 앞서 철산에 간 벼슬아치들이 하루아침에 죽어 나갔다는 것은, 수령이 현지 수사에서 극심한 방해를 받았다는 뜻이고, 수사 방해를 받다 못해 임무를 포기하는 경우가 있었음을 넌지시 드러내는 설정이겠지요.

이와 같은 수사·법의학·재판 업무의 한심한 수준을 깊이 고민한 벼슬아치가 있습니다. 바로 조선 후기를 대표하는 학자 정약용丁若鏞, 1762~1836입니다. 정약용은 총명하고 지혜로운 학자이자 암행어사, 지방 수령, 중앙 형조참의, 승지 등의 벼슬을 두루 거친 경험 많고 유능한 관리였습니다.

특히 황해도 곡산 부사로 근무하면서는 수령의 수사·재판·법의학·법 집행 수준이 얼마나 낮은지 눈을 뜹니다. 서울에서 사법과 법률을 다루는 부서인 형조에 근무하면서는 수사와 재판의 잘못 때문에 억울한 사람이 얼마나 많이 생기는지 절감합니다.

실제 예를 보겠습니다. 1799년 정조 임금은 정약용을 형조참의로 삼습

니다. 특명이 있었는데요. 그때까지 쌓여 있던 중요한 형사 사건을 죄다 다시 심리하는 것이었습니다. 조선 시대에 살인 사건을 필두로 한 중요한 형사 사건에 대한 최종 보고는 임금에게 올라가게 돼 있습니다. 정조가 보기에 자신이 접한 기록과 보고서가 너무나 엉성하므로, 믿을 만한 신하인 정약용에게 급히 업무를 맡긴 것입니다.

　여기에는 10년이 넘도록 결론을 내리지 못한 살인 사건도 껴 있었습니다. 10년 전 사건은 이랬습니다. 마을의 유력자 김태명이 세금을 내지 않자, 관아에서는 나졸을 보내 김태명의 소를 세금 대신 가져오게 했습니다. 이때 김태명은 나졸과 소를 가져가느니 못 가져가느니 다툼을 벌입니다. 그러다 김태명은 나졸의 가슴을 무릎으로 짓뭉갰지요. 때마침 그 자리에 김태명네 노비 함복련이 나타났습니다. 김태명은 나졸을 소 도둑으로 몰고는 함복련에게 혼을 내 주라고 명합니다. 함복련은 나졸의 등을 떠밀었고, 동네 유력자한테 눌린 나졸은 빈손으로 관아에 돌아갔다가 숨을 거둡니다.

　살인 사건이 난 셈이죠. 그런데 체포된 사람은 등을 떠밀었을 뿐인 함

복련이었습니다. 검시 보고서에는 죽은 나졸의 가슴에 피멍이 들어 있었으며 가슴의 상처가 죽은 원인으로 나와 있었습니다. 죽기 직전에는 나졸이 김태명을 범인으로 지목하기까지 했습니다. 그러나 수사는 처음부터 엉망이었습니다. 김태명은 쏙 빼고 함복련에게 모든 죄를 뒤집어씌웁니다. 이렇게 해서 함복련은 살인범이란 누명을 씁니다. 그러고는 어언 10년을 옥에 갇혀 사형 집행을 기다리는 신세로 지낸 것입니다.

정약용이 보기에 사건의 진실은 분명했습니다. 검시 보고서에 따르면 가슴의 상처가 죽음의 원인입니다. 억울한 사법 피해자 함복련이 더 이상 옥에 갇혀 있을 이유가 없었습니다. 정약용 덕분에 함복련은 10년을 갇혀 있던 옥에서 하루아침에 풀려납니다.

정약용의 생각에 제대로 판결하자면 다음 세 가지 근거가 반드시 필요합니다. 첫째 유족의 진술, 둘째 검시 기록상의 증거, 셋째 주변의 증언. 이 셋 모두가 맞아떨어져야만 용의자를 지목하고, 범인을 가려낼 수 있다는 것입니다.

정동우의 수사에서도 정약용의 모습을 떠올릴 수 있습니다. 여성 원혼

의 말에 귀를 기울이는 모습은 하찮은 신분 사람들의 말도 끝까지 듣는 태도와 잇닿아 있습니다.

재판 현장에서 논리적으로 풀리지 않는 숙제가 있다면 의심이 가는 사람이라도 함부로 죄인으로 단정하지 않아야 할 텐데요, 허씨의 변명에 정동우는 어떻게 대응했지요?

처음에는 속았습니다. 증거 조작까지는 미처 생각지 못했으니까요. 그렇지만 두 번째 조사에서는 드디어 증거 조작까지 파헤치고 진범을 밝혀냅니다. 옛소설인 만큼 몽환적인 이야기가 껴 있기는 하지만, 범인을 논리적으로 제압할 때까지 증거물을 살피고 또 살피는 태도 또한 각별하게 다가옵니다.

다시 정약용으로 돌아가면, 정약용은 1801년 이후 어지러운 정치의 희생양이 되어 무려 19년이나 강진에서 귀양살이를 하게 됩니다. 이때 수많은 책을 썼는데요, 그 가운데 수령의 수사·재판·법집행을 바로잡기 위해 쓴 책이 있으니 바로 『흠흠신서欽欽新書』입니다.

이 책에는 역대의 수사 사례, 억울한 사람들의 이야기, 수사와 법의학과

助況身都厥位不虞其職事我謂之欽ㄴ者何也欽ㄴ

固理刑之本也道光二年壬午洌水丁鏞書

『흠흠신서』 서문에서 '흠흠'의 의미를 설명한 부분.

법집행의 실제를 망라하고 있습니다. 앞서 본 '백필랑·백필애 사건' 또한 『흠흠신서』에서 수사를 잘못해 억울한 사람 만든 사례로 거론된 것입니다.

'흠흠'은 무슨 말이냐고요? 정약용의 설명을 보시지요.

책 제호에 '흠흠'이라는 말을 올린 까닭은 무엇인가? 흠흠 곧, '신중하고 또 신중하게'라는 것은 본디 형벌을 다스리는 근본이다.

디테일의 맛과 멋

: 치밀하고 충실한 21세기판 『장화홍련전』

박종호(서울 신도림고등학교 국어교사, 청소년문화연대킥킥 운영위원장)

    오늘 이 땅의 청소년들에게 고전古典을 읽는 일은 따분하고 재미없는 '괴로운 싸움苦戰'일 뿐이다. 착하고 온순한 주인공은 죽거나 다치고, 사악하고 남 괴롭히기를 밥 먹듯 하는 인물은 영화를 누리는 듯하다가 마지막에는 확 뒤집어져서 착한 주인공은 보답을 받고, 악한 인물은 벌을 받는 것으로 끝난다. 아무리 반전이 주는 재미가 좋다고 하지만, 이런 뻔한 결말은 날마다 언론과 영화, 만화에 등장하는 끝을 알 수 없는 잔혹한 고통과 죽음의 이어달리기 소식들에 견주어 너무나 '리얼'하지 않다. 무엇보다 공감이 가지 않는 설화·전설·민담을 그저 시험을 보기 위해 어쩔 수 없이 외워야만 하다니!

고전 읽기를 그저 그런 내용을 담은 고장 난 테이프를 반복해서 듣는 일이 아닌, 지금 여기에서 다시 살아 있는 이야기로 만드는 일은 매우 중요하다. 그러자면 고전을 우리말로 제대로 옮기고, 시대를 건너 이어지는 맥락을 잡아내어 생동감 있는 이야기로 다시 풀어내야 한다. 등장인물을 둘러싸고 있는 사회·역사 환경을 맛깔나게 정리한 정보 꼭지도 필요하다.

여기서 만나는 장화와 홍련 이야기는 재미있고 흥미롭다. '계모가 전 부인의 딸을 무참하게 죽이고 벌을 받은 이야기'에서 나아가 '장화', '홍련', '배무룡', '허씨', '정동우' 같은 인물이 보여주는 말과 행동에 '디테일'이 살아 있다. 부사 앞에 원혼으로 나타난 홍련이 원통함을 하소연하는 장면에서, 관아에 끌려나온 배무룡과 허씨가 사실을 실토하고 벌을 받는 장면에서 더 많은 상상으로 이끄는 힘도 있다. 글쓴이가 수행한 치밀한 고증과 충실한 풀어쓰기 덕분이리라.

이 이야기를 읽는 청소년들이 권선징악, 인과응보를 넘어서는 공감과 연민의 미덕을 넉넉하게 맛볼 수 있기를 빈다.